死の川を越えて

上

中村　紀雄

【上巻】目次

主な登場人物等

万場軍兵衛　東京帝大出身。ハンセン病に罹り湯川地域に住む。「ここにはハンセン病の光がある」と言った。集落の指導者。

下村正助　ハンセン病の患者。軍兵衛を訪ね人間として生きたいと訴えた。

さや　ハンセン病の患者で福島県の田舎から助け出された。正助と愛し合う仲に。

正太郎　正助、さやの間に産まれた。群馬県議会で元気に発言。重監房の人を救うためカツオブシの差し入れを提案した。

こずえ　万場老人を支える。ハンセン病の美女。

マーガレット・リー　イギリス人宣教師。莫大な私財をハンセン病の患者救済に使った。

森山抱月　反骨の群馬県議会議員。キリスト教徒でかつて廃娼運動で活躍した。

小河原泉　京都帝大の医師。国の隔離政策に反対。さやは、この人物に接して子を産む決意を固めた。

カール　ドイツ人宣教師。ドイツで「生きるに値しない命」という恐ろしい思想が広がっていると警告した。

水野高明　九州帝大で人権を教えた学者。ハンセン病を患い湯川地区に。訴訟では中心になって活躍する。

湯川　草津湯畑から流れる生命の存在を許さない強酸性の川。かつてはハンセン病患者を投げ入れたとも言われた。

第一章

ハンセン病の光

一、万場軍兵衛

湯の川地区は、草津の温泉街の外れにあった。湯畑から発する湯川は、この集落の中を走り、その先は深い谷を刻んで松やもみの茂る暗い森の中を流れ下っている。人々はかつて、この流れを死の川と呼んだ。小指程の太さの鉄を数日で細い針金と化す強酸性が、一切の生命の存在を許さないからである。

死の川の名の由来はそれだけではない。この川の辺には、長いこと深刻な病に直面して生きる人々が住んでいた。

ハンセン病の人々である。峻厳《しゅんげん》な流れは人々の運命を語るようにごうごうと音を立て、下流に広がる村に向けて勢いを増していた。

時は明治が終わり、大正に入っていた。この湯の川地区の一角に、不思議な男がかやぶきの小さな家を建てて住んでいた。がっしりとした体軀《たいく》で、老けて見えるが年は初老の域と思われる。その黒い容貌は異様に見えるが、鋭い眼光と調和して、一種の犯し難い威風を放っていた。

初めて訪れた人はまず、この男が背にしたうずたかい書物に驚いた。この男の家を時々、1人の若く美しい女性が人目を盗むように訪れることも、集落ではひそかな話題になっていた。うわさでは、この男はふもとの里のある大家の縁者ではないかとのことであった。

男の名は、万場軍兵衛といった。ある秋の日の午後、正助という集落の若者が万場老人の家を訪ねた。

「俺は下村正助と申します。この湯の川地区の歴史を知りたいのですが、多くの人が、あなたなら何でも知っていると申しています」

「ほほう。この集落の者だな。わしは万場と申す。して、なぜ集落の歴史を知りたいのじゃ」

　万場老人はいろりの火をかき立てながら、若者の顔に鋭い視線を投げた。

「はい、この病を持って将来が不安です。できることなら人間として生きたいのです。俺たちに未来はあるのでしょうか。ずっと悩んで考えてきました。そして、思い至ったことは、この集落のこと、そしてハンセン病のことを正しく知ることが第一だということです。同じ思いの仲間が何人かおります。まずお前が行って、話を聞けるか様子を見てこいというので参りました」

「うむ。お前は賢い若者らしい。お前のような若者が、わしの前に現れたことは時代の変化だ。ハンセン病にも希望の芽が出てきたように思える。わしにできることなら力になろう」

　万場老人の乾いた岩のような表情を押し分けるように、ほほ笑みが現れた。

「ありがとうございます。仲間もきっと喜ぶでしょう。俺だけで聴くのはもったいないのですが、今日は仲間に伝える手土産にも、と少し聴きたいのですが」

正助の瞳は輝き、頬が紅潮している。

「その通りじゃな。わしもお前に会って、この胸が熱くなった。少し話したいと思うぞ」

万場老人は手を伸ばし、薪をとって炉にくべた。秋の日は釣瓶落《つるべ》とし。早くも窓外には夕闇が迫っていた。静けさの中に、湯川の音が急に高くなったように聞こえている。

「この湯川を見よ。死の川と言われるが、われらの仲間と思えるではないか。命の存在を許さぬ姿は、娑婆《しゃば》への怒りだ。この川から力をもらうか否かは、われらの心にある。草津の街は、この川に尿も、ごみも、梅毒の綿も、一切の汚物を投げ込んでいる。われわれもこの谷に投げ込まれる不要物だというのか。いや、違う。われわれは人間なのだ。汚物ではないぞ」

万場老人は言葉を切って、じっと正助を見詰めた。その目は怒りに燃えているようである。正助は、万場老人の黒い土を塗ったような顔の割れ目から希望の芽が吹き出るような熱いものを感じ、次の言葉を待った。

「無知が差別と偏見を生む。だから無知を乗り越えねばならない。この集落には希望の芽がある。それを知ることで、われわれは無知を乗り越える勇気を得るだろう。振り返れば、差別と偏見の犠牲は大変なものだ。この湯川の流れの先に、投げ捨ての谷があることを知っていよう。昔、生きられぬハンセン病の者を生きたまま投げ捨てたという。この集落の開村は明治20年。そこまでにいろいろあった。その歴史を知ることが第一じゃ。それにこの集落には、世界広しと言えど恐らく例のないハンセン病の者にとっての光がある。それをぜひ話したい」

「えっ。ハンセン病の光とは」

正助が声を上げて姿勢を正した時である。

「こんばんは」

若い女の声がした。

「ああ、こずえか。入るがよい」

万場老人の声と同時に戸が開いて女が姿を現した。

「まあ、お客さま」

驚いて会釈する顔が、はっとする程美しい。女の美しさは、この家の状況と場違いの故か一層際立って見えた。正助は驚きながらも、これが万場老人を訪ねるうわさの女に違いないと思った。

「これはわしの縁者でふもとの里の者じゃ。こずえ、この若者は集落の者で、今日は勉強に来ている。感心なのじゃ。茶でも入れてくれぬか」

「まあ、ご隠居様。早速に」

こずえと呼ばれた女の視線を受けて、正助はどぎまぎした様子である。正助は出されたお茶を飲み、菓子を食べた。こずえは万場老人の側に膝をそろえて座っている。万場老人はいろりに薪をくべながら語り始めた。

「ハンセン病の患者は、浴客が増える中で湯の里の発展の妨げになるからと、中央部から追われるようにして湯の川地区に移ることになった。患者を分けてこの地区に移すという計画を知った時、患者は徒党を組んで役場に押しかけ激しく抗議した。事もあろうに、汚物や死体も捨てるこの湯川の縁に移るというのだから当然じゃ。患者たちの怒りと不安、情けなさは、同病のわれらでなければ分からぬことだ」

万場老人はいろりにくべる枝を折った。パチンという音が強い怒りを表すように正助の胸に響いた。

「いよいよ湯の川地区への移転が決まった時、患者たちは生い茂るクマザサを刈り、荒地を切り開いて新しい村づくりに取り組んだのじゃ。大海に乗り出すような不安とともに、自分たちの別天地をつくるという夢があったに違いない」

万場軍兵衛はしばらく話した後で言葉を切って言った。

「正助とやら、今晩はこの位にしよう。こずえが話をしたいようじゃ。次は仲間を連れて来るがよい。その時本論に入ろう」

正助は丁寧にお辞儀をし、こずえに会釈をして去って行った。

次の機会は間もなくやってきた。湯川の縁に茂るササの葉には早くも白い雪が積もっていた。

正助は2人の仲間を伴っていた。

「よく来たな。まあ座るがよい」

　万場老人は3人をいろりに招いた。

「ご老人、先日はありがとうございました。俺は胸が熱くなって、この者たちに話しました。権太と正男と言います。それから、お願いですが、これからは先生と呼ばせてください」

「は、は。老いぼれだから老人で十分じゃが、勝手にせい。じゃが、先生とあっては、いいかげんな話はできぬわい」

　4人の笑い声が炉に立ち昇る煙の中に響いた。正助が口を開いた。

「先生は先日、湯の川地区には世界のどこにもない、ハンセン病の光があると言いました。俺たちには信じられないことです。そんなすごいものがここにあるなんて。まず、それを教えてくれませんか」

「おお、確かに申したぞ。若いお前と熱い話ができて、久しぶりに忘れていた若い血が燃えたのじゃ。気持ちが高ぶっておったが、間違いなくハンセン病にとっての光だ。今日はそのことから話すことに致そう。ちと難しい。根性を据えて聞くがよい」

　万場老人はこう言って、飲みさしの茶を一気に飲み、3人の顔をじっと見詰めた。

「湯の川地区の開村は先日話したように明治20年。実は、開村といってもそれまでにいろいろあった。温泉街、つまり本村と分離されこの地に追われるようにして始まった新しい村じゃ。開村といっても、この年、この地に移った患者の家はわずか4戸であった。わしが言いたい重要なことは、ここからハンセン病患者の手で一歩一歩、新しい村の形をつくっていった事実じゃ。翌年には、患者が経営する患者専門の宿屋、小田屋、鳴風館などが移り、30人余りの小集落となった」

「小田屋は俺んとこだ」

権太が叫んだ。

すると、すかさず正男が言った。

「鳴風館は俺が働いている」

万場老人は、それを目で受け止めながら続ける。

「この辺りには幸いの湯があったが、集落の人々はこれを殿様の湯に改名し、また、頼朝神社を集落内に建て氏神とした。殿様の湯は源頼朝が入ったと伝えられ、頼朝神社は頼朝を祭った祠《ほこら》に由来する。頼朝は、公家に代わる力強い武士の社会を築いた改革者じゃ。湯の川の人々は、改革者としての頼朝に、苦難に立ち向かう自分たちの姿を重ねたに違いない。これらの努力は、立派な自分たちのとりでを築きたいという人々の覚悟を示すもの。そして、集落の人々の心を一つにするために大きな意味を持ったに違いない。湯の川地区をつくった人々には開拓者の根性と使命感があったと思う。わしは、かのアメリカのピルグリム・ファーザーズを思い出す」

「先生、何ですか、そのピルグリム何とかとは」

　正助は不思議そうに尋ねた。

「うむ。日本では江戸時代の初めごろに当たる。イギリスで宗教的迫害に遭った人々が北アメリカに逃れて開拓の一歩をしるし、ニューイングランド建設の基礎となった。ピルグリムとは巡礼のことじゃ。話はそれたが、湯の川地区の人たちは、このようにして、自分たちの手でこの地を治めることを進めた。戸長を選び、税金を納めるようになった。このことがどんなに素晴らしいことか、お前らはにわかには分かるまい」

　万場老人は正助の顔をのぞき込むようにして言った。

「先生、多くのハンセン病の者は、家にも村にも居られず、巡礼のように放浪したと聞きます。それを思うと、この集落はハンセン病患者にとって特別の所だという意味がよく分かる気がします」

　こう答えた正助の瞳は輝いていた。

「ハンセン病の患者が自らの手で村をつくり、患者のために自治を行う。こんなことは世界中にないと、わしは信じる。ハンセン病の光と申したのはこのことなのじゃ。問題は、この光が弱くなってきていること。光の意味が分からない人が増えている。光を支えるのはお前たちだ。

全国の患者のために頑張る時なのじゃ」

「光が弱くなっている、光の意味が分からない人が増えているとは、どういうことですか」

　正助が不思議そうに尋ねた。

「うむ。初心忘るべからずと言うではないか。時が経つにつれて、開村の理想を理解しない人が増えてきた。治る見込みがないと思うと、世間の差別の中で生きる望みを失い、神も仏もない、太く短く生きようと考える人が増える。そういう人は、今がよければいいと思って享楽にふける。賭博は当たり前になり、人の道を踏み外す者まで出てくる始末となった」

「先生、分かる気がします。なあ、みんな」

　正助の声に他の2人は大きくうなずいた。

「今日は、ここまでに致そう。あまり欲張っては消化不良になる。次回は、最近の奇妙な来訪者の話をしよう。この集落に、逆に光が差し込むような話だ。異国人の女とだけ、今は申しておこう。今日は別の女が差し入れた下の里の菓子を食え」

　そう言って、万場老人は盆に盛った菓子を勧めた。

「このお菓子は、先日のこずえさんですね」

　正助が言うと、「は、は、は。この辺りには見かけぬ美形であろう。あるいは、お前たちと力を合わせることがあるかも知れぬ。いずれ改めて紹介致そう」

万場老人の黒い顔から明るい笑い声が流れた。

二、博徒の親分

湯の川地区には、その魅力に引かれて全国から患者が集まったが、現実は厳しかった。そこには地獄の業火にもがく壮絶な人生のドラマがあった。つかの間の享楽に溺れる者も多く、賭博は誰でも手の届く日常の娯楽として大いに盛んであった。賭博には争いが付き物で、それを仕切る人物が現れる。

湯の川地区の暗黒時代、大川仁助と大門太平という親分が登場した。2人はハンセン病の患者であるが、対照的な性格を持っていた。

上州は博徒の地である。各地に大小の親分が勢力を競う歴史があった。うわさでは2人は大前田英五郎の流れをくむ者であった。

親分大川仁助は激情の人であり、無学であったが、才覚があった。自ら湯の川地区で明星屋という宿屋を営み、その規模は湯の川の宿屋で一、二を争う程であった。

しかし、彼の性格は周囲に波紋を及ぼし、とかくトラブルを起こした。特に、宿屋組合が湯の川地区で中心的な役割を目指すとなると、彼の存在は組合にとっても邪魔であった。仁助は宿屋の経営を表向き養子に任せていたが、このような環境の変化はこの男をますます放逸に向かわせた。

仁助は、神も仏もあるものかと日頃からうそぶいていた。しかし、ハンセン病に対する差別には激しく抵抗し、時にはあいくちを抜いて渡り合うこともあった。

彼の心の底には、どす黒い狂気とともにおとこ気と正義感が混じり合って存在していた。彼は、死を恐れぬ男として他の町のやくざも一目置く存在だった。

ある時、福島県の山村のある農家にハンセン病が発生した。あどけない少女の雪のような白い肌に赤い斑点ができた。村の医者がハンセン病だと言ったということで大騒ぎになった。

世の人のつながりは不思議なもの。この少女と湯の川地区が結び付いていくのだ。明星屋に福島出身の客がいた。ある時、この客が仁助に妙なことを言った。

「親分、私の縁者に当たる娘がハンセン病にかかった。かわいそうでなりません。まだ小娘だ。近いうちに、巡査が先頭に立ってやってきて、家じゅう調べるといううわさです。ひでえことになりますよ。一家は村に居られなくなる。娘は首をつるか、井戸に飛び込むよりほかありません。何とかならねえものでしょうか」

仁助は黙って聞いていたが、やがてきっぱりと言った。

「この明星屋の客は、家族と同じだ。特にお前《めえ》さんは兄弟《きょうでえ》と同じ。お前の頼みとあっちゃ黙っていられねえ。何とかするから任せてくんねえか」

仁助の中に眠っていたおとこ気と正義感が頭をもたげたのだ。

仁助が湯の川地区から姿を消して数日が過ぎたある日、馬を引いた仁助が福島県の山村の1軒の農家に近づいた。秋の日は既に西の尾根にかかり、農家を囲む森が長い影を落としていた。

仁助がわら屋根の農家に近づいた時、彼の前に進み出た人影があった。

「こら、どこへ行く」

「どこへ行こうと勝手ではねえですかい」

どすの利いた声と鋭い眼光に驚いた様子の男は、これが見えぬかとばかりに腰のサーベルを動かした。

「へえ、管区さんかね。そんなものをちらつかしたって、びくつく俺様じゃねえ。それに何も悪《わり》いことはしちゃいねえ。弱い者いじめの管区さんが何の用でえ」

「怪しいヤツだ。ちょっと署まで来い」

巡査はそう言って仁助の腕をつかもうとした。

「何をするんでい。冗談じゃねえ。俺たち虫けらにも意地があるんですぜ。ちょっとおとなしくしてもらおうじゃねえか。えいっ」

仁助の口から裂帛《れっぱく》の気合が漏れたと思うと、当て身をくらって巡査は崩れ落ちていた。

「ざまあみやがれ」

仁助はつぶやいて巡査に猿ぐつわをかませ縄で縛り、側の納屋に引きずり込んでしまった。あっという間の出来事だった。

仁助はつかつかと農家に入っていった。外の争いを感じてか、中は異様な空気で満ちていた。仁助は言った。

「あんたがこの家の主ですかい。大変なことになっているそうですな。ある男から聞きました。六蔵と言えば分かると言っていた」

「おお、六さんが」

主人はおびえた表情で後ずさった。

「娘さんを助けに来た。俺を信じて任せてくれ。事は急ぐ。身一つでいい。安全に暮らせる場所に連れていく」

「お、お前様はどちら様で、娘を一体どこへ」

「安全に暮らせる所としか言えねえ。詳しいことを知らねえのがお前さんのためだ。父《と》っつぁん、俺の目を見ろ。命がけで来た」

しばらくやりとりがあった。その時である。襖《ふすま》が開いて、1人の小娘が進み出て両手を突いた。

「お父《と》っつあん、陰で聞いていました。巡査に調べられたら、あたしは死のうと思っていました。このおじさんを信じます。救いの神様です。どうか、その安全な所へ連れていってください」

「おお、よく言った。着たままでいい、死んだ気になれば怖いものはねえ。いいか父っあん、騒ぎになるだろうが、お前は何も知らねえんだぜ。そこに巡査が倒れている。誰かが押し入って娘を無理やり連れて行ったことにしねえ。巡査はどこかの女衒《ぜげん》と思うだろう」

　母親も娘の側に座り、ぼうぜんとして事の成り行きを見ていた。

「お父っつあん、おっ母《か》さん、私は行きます」

「おさや」

　母と子は抱き合っている。

「落ち着いたら連絡をする。女衒でねえことは信じてくれ。今は、六蔵さんに頼まれた者とだけ言っておく。ではな」

　仁助は近くにつないでいた馬を引き出してきた。日はとっぷり暮れていた。仁助と娘を乗せた馬が闇の中に消えていく。ひづめの音が小さくなっていった。

　湯の川地区では享楽の中で改善の動きが起き、宗教が登場する。博徒と宗教の結び付きは湯の川地区であればこその展開を示した。

その頃、湯の川地区では、真宗の説教所をつくる話が進んでいた。人々がまっとうな生活をするように導くというわさであった。仁助はこの動きに反対であった。

〈坊さんどもに何ができる。地獄の釜の中で生きる俺たちにとって、ばくちは苦しみを忘れるせめてもの慰めだ〉

彼はいつもこう思っていた。

「浄化だと、ふん、笑わせるねえ。手前らのナンマイダで、湯川の水が変わるもんか。俺たちには神も仏もねえんだ。説教所をつくって、訳の分からねえお題目を唱えるぐれえなら、俺たちのために金をつくる算段でもやれ」

仁助はたんかを切って、回ってきた奉加帳を破り捨ててしまった。説教所設立を目指す人々は、仁助の存在が運動の妨げとなっていることを憂慮し、仁助の暴挙を器物損壊罪で告訴した。そして仁助は地元の警察に留置されてしまった。留置されている仁助の下に子分がとんでもない情報をもたらした。

仁助にはお貞という愛人がいた。子分の知らせによれば、お貞が最近、都会からやってきた金持ちの患者の浴客といい仲になっているというのだ。

仁助は閉ざされた空間で妄想のとりこになった。お貞の白い肌と嬌声《きょうせい》が大蛇のように彼を襲った。妄想は膨らんで、別の黒い大蛇が登場し、２匹は絡み合って一つになり仁助に迫った。

「ちきしょう、許さねえ。出たらたたき切ってやる」

そう言って、仁助は壁に頭を打ち付けて叫んだ。

大川仁助は、数カ月で釈放された。その間、説教所の建設も進んでいた。

仁助にとって、この説教所も許せぬ存在であった。元はと言えば、この計画のための奉加帳から、お貞の不実までの出来事が始まったのだ。

ある春の日の早朝、仁助は建設中の説教所に火を放った。火事は幸い未遂に終わったが、集落の騒ぎは大きかった。人々の騒ぐ声を後ろに聞きながら、仁助は憎き2人の所へ走った。手には日本刀が握られていた。

子分に調べさせておいた宿の部屋に駆け込むと、男女はまだ布団の中である。二筋の盛り上がった人の形が憤怒をかき立てた。

「やろう」

叫んで布団を引きはがすと、肌をあらわにしたお貞のしどけない姿が目に飛び込む。

「あれ、あんた」

「この、アマめ」

身を起こそうとするお貞を仁助は激しく蹴った。お貞は壁に頭を打って気絶した。

「わあー、助けてくれ」

男が叫んだ。男の丸い大きな顔が仁助には留置場で悩まされた大蛇に見えた。

「こんちくしょう」

ひらめく日本刀が打ち下ろされると、頭は割れて鮮血が吹き出し、男は虚空をつかみ、もがきながら息絶えた。

仁助は、倒れているお貞、血の海で息絶えている男の姿を見てわれに返った。じっと惨状を見詰めていたが、やがて、血刀を引っ提げて何かを求めて走った。

走り込んだのは、湯の川のもう1人の親分大門太平の所であった。

「おう、何でえ、その格好は。何をしでかした」

「人を殺《や》っちまった。俺も生きちゃいられねえ。お縄についてくくられるのは嫌だ。潔く自分でけりをつけるつもりだ。ついては兄弟、俺の最期の頼みを聞いてくれ」

「まあ、落ち着いて訳を聞こうじゃねえか」

「俺は、憎い野郎の頭をたたき割ってみて目がさめた。人を殺してからさめても遅いんだが、俺のどじだからしようがねえ。のたうちまわるのを見てな、ハンセン病患者を蛇や毛虫のように毛嫌いする世間と同じことを俺がやっちまったということに気付いたんだ。こんちくしょうと尻をまくって粋がってた自分が嫌になった」

「うーむ。どえれえことをやらかしたもんだが早まっちゃなんねえ。ところで俺に頼みとは何でえ」

「俺たちは侠客《きょうかく》の端くれのつもりで粋がってきたじゃねえか。おとこ気とは何だ。それは虫けらのように嫌われる俺たちも、人間なんだと世間に見せつけてやりたい意地だと思う。それは俺たちハンセン病患者じゃなくちゃ分からねえ。坊さんどもがよう、ナンマイダー抜かしやがって、おためごかしに説教するなんざあ、我慢できなかった。そんなきれいごとで片付けられる問題かよ。ばかにしやがって。俺たちにゃ、神も仏もねえと思ってきた。しかしよう兄弟、今、人を殺してみて思うんだ。俺の中には、神様だか仏様だか知らねえが、そういうものが奥の方にあるような気がするんだ。そういうものと鬼だか蛇だかが一緒にすんでいるに違いねえ。この鬼か蛇が殺っちまったんだ。俺も焼きが回ったか。線香臭《くせ》えことを言っちまった。まあ許してくれ。腹の中をきれえにしてえんだ。頼みてえのはよ、粋だけでは、この湯の川をよくできねえ。神でも仏でも、本物なら引き入れて生かしてもらいてえということだ。この集落には、頼朝を祭った頼朝神社がある。今まで気にも留めなかったが、今あの頼朝神社がやけに気になるんだ。集落の守り神だったんだなあ。俺の最期の気持ちはお前に頼んだ。この集落をよくしてもらいてえ。よろしく頼む。じゃあ、達者でな。あばよ」

「おい、どこへ行く。早まっちゃなんねえ、待て」

仁助は、その声に耳を貸そうとせず刀をつかんで飛び出した。

仁助は湯川の縁まで一気に走った。死の川はごうごうと音を立てている。川面に先ほど殺した男の顔が映って見えた。仁助は腹をあらわにし、柄をつま先で固定し、切っ先をへその辺りに当てて一気に体重をかけた。

「ぎえー」

と叫ぶと、刀を引き抜き、今度は同じように切っ先を喉に向け、頭を振り下ろすように打ち付け、そのまま湯川に突き刺さるように落ち込んだ。仁助を飲み込んだ湯川は、何事もなかったように下流の暗い森の中へ流れ下っていた。

仁助の壮絶な死を知った太平は、暴風の後に取り残されたような気持ちであった。

〈野郎は何を言いたかったんだ。あいつらしくもねえ、神妙なことを言いやがったなあ。あいつが、神とか仏とか言ってもぴんとこねえが、集落の守り神の頼朝神社のことを言った時には、何か胸に来るものがあったぜ。真剣に考えてみなくちゃなるめえ。あいつの死を無駄にしちゃなんねえ〉

太平はこう思案をめぐらせるのであった。そして〈そうだ〉と、思わず心に叫んだ。

〈この湯の川地区に変な学者がいて何でも知っているということだ。この爺《じじい》に一つ会ってみよう〉

ある日、太平は万場軍兵衛を訪ねた。

「おう、あなたが大門親分ですか。珍客ですな。は、は、は」

　万場老人は、意外な客を笑顔で迎えた。太平は仁助の一件を話した。

「腹を切って、湯川に飛び込むとは向こう見ずにもほどがある。死の川が何かを訴えているようじゃ」

　ゆうべの雨で水かさを増した流れの音が高く響いていた。

「ヤツの死を見て、親分などと言われていい気になっていたのがばからしくなってきやした」

　太平は頭をかきながら続ける。

「仁助は以前から神も仏もねえと言っていたが、死ぬ前に妙なことを言うんでさあ。人間というもんは死を受け入れると神や仏を感じるもんでしょうか。頼朝を祭った集落の頼朝神社のことまで口にしやがった。普段、神も仏もねえと言っていた男の言葉にぐっとくるものがありやしてね。何か教えてもらいてえと思ってやってめえりやした」

「うーむ。仁助親分が頼朝神社を口にしたとはのう。あれは湯の川地区の開村にあたり、本村と交渉して、頼朝を祭ったお宮をわざわざ集落の西の入り口に移し、頼朝神社と名付け、集落の氏神としたのじゃ。この頼朝神社の建設を何と考えるか。わしは、この集落の決意を表したと見る。本村から患者を追い出した差別と偏見に対する意地じゃ。仁助さんは、自分の中の意地を本物の意地と比べて、突き動かされるものがあったのではなかろうか。意地に生きた男が最期につかんだ本物の意地を無駄にしてはなるまい」

万場老人の目が鋭く光った。

「なるほど、ご老人。少し目の前が開けてきたような気がしますぜ。同じ意地にもちっちぇえ意地とでっけえ意地があるのが分かりやした」

「よくぞ申した、大門親分。源頼朝は、武士の世の中をつくった。武士は単に人殺しの集団ではない。乱れた世の中に平和と秩序をもたらす力を天下に示した。天下に侍の原点、つまり武士の意地を示したのだ。その頼朝を集落の守り神に据えた、この集落の先人の意地を忘れてはなるまい。それは、われわれハンセン病の患者も人間であることを天下に示そうという意地なのだ。神も仏もない、その日その時がよければいいという生き方は、源頼朝の意地に反するものとは思わんか」

万場軍兵衛はきっぱりと言った。

「へえ、よく分かる気がしやす。殿様の湯は頼朝が入ったからこの名がついたというではねえですか。草津のこんな山奥に、源頼朝が来ていろいろ動いたということは、何かわれわれ患者の運命に関係あるような気が致しやす」

「親分、わしも同感ですぞ。われら患者と結び付けて頼朝を生かすということが、重要なことではないか。頼朝は神になった。この神をわれわれの心の芯に据えようとしたのが、開村の時の集落の人たちの心意気であり、意地なのだ。心の芯にするということは、患者同士が力を合わせ、生きる道を開くことじゃ。患者にとっての理想の村を目指すことじゃ。これは、ハンセン病の患者にとって、希望の光を育てること。わしは、湯の川地区こそ、ハンセン病患者の光が発するところと信じておる」

「ちげえねえ。大きな意地にちげえねえ。ハンセン病患者の光とは大変なことだ。目の前が開けた気が致しやす。これからは、この湯の川地区を生かすために力を尽くそうと思いやす。それが仁助の頼みに応えることですな」

大門太平は自分に言い聞かせるように大きくうなずいた。

その後、湯の川地区に新たな宗教の動きがあった。それは、九州のハンセン病院の院長、エリザベス・リデルがキリスト教を伝道しようとしたことである。

リデルは司祭、米川完治を派遣し、米川は旅館前田屋で説教を始めた。米川は、この動きを始めるにつき、ある人の勧めで太平に話を通すことにした。

「へえー、ヤソの坊さんが仁義を切りに来るとはおったまげたもんだ。ナンマイダの方は何もあいさつなしにいきなり奉加帳だ。お前の所も奉加帳を回すんかえ」

太平は、奉加帳を叩きつけた仁助のことを思い浮かべながら言った。

「いえ、私のところでは、そういうことはありません」

米川は笑いながら言った。

キリスト教の説教ということで、好奇心も手伝って参加者は増えた。その中には子分を連れた太平の姿も時々あった。しばらくして、説教が順調に行き始めたと思われたころ、米川司祭が太平を訪ねて来た。

「親分、困ったことが起きました」

「困ったこととは何だね」

「実は、宿屋組合が私たちの説教に反対で、前田さんで説教ができなくなりました」

「それは一体どういうことだね」

太平は片腕をまくって身を乗り出した。米川は、組合が説教の目的を誤解していると語った。この頃、各地のハンセン病患者を相手にする旅館が金のある患者を取り合っていた。米川司祭を派遣した熊本にはハンセン病患者が集まる拠点があったので、説教によって、そこへ客を引こうとしていると誤解されたのだ。

米川の訴えは太平の義侠心《ぎきょうしん》に火をつけた。太平は、前田屋で説教を始めるにつき、自分に仁義を通した米川の窮状を見過ごすことはできなかった。

太平は早速、力を尽くして米川のために伝道場を確保した。米川は喜んで説教に励んだ。太平は伝道所を訪ねて言った。

「先生、何か看板を出した方がよかんべえ。ナンマイダの方は大層なものを出してやがる。負けちゃなんねえでがしょう」

「その通りです。遠慮していました。親分に言われて勇気百倍。考えます」

「それがいい。早い方がいい」

米川はこう言われ、興奮した様子でどこかへ飛び出して行った。

翌朝のことである。米川は太平に言った。

「よい名前を考えました。世光会です。聖書の言葉『地の塩、世の光』から思いつきました」

米川の声は弾み瞳は輝いていた。

「うーむ。聖書のことは分からねえが、世の光が気に入った。それに致しやしょう」

太平の胸には、万場老人のハンセン病患者の光という言葉がよみがえっていた。

キリスト教の動きが活発になるにつれ、湯の川地区に良き師を招きたいという声が強くなった。それには、仏教側が時々名のある僧を招いていることへの対抗意識も手伝っていた。

そんな時、マーガレット・リー女史の話が伝えられた。イギリスの貴族の名門につながる出自で、社会の虐げられた人々の救済に一身をささげ、神のようにあがめられているという。太平は、この話を世光会の中心人物である大沢襄から聞いた時、すかさず言った。

「その先生を湯の川にお呼びしようではありませんか」

「来てくれれば、そんな素晴らしいことはないが、どうかなあ」

大沢はため息をつくように言った。

「いちかばちかですぜ。われわれの世界では丁か半かでやす。ひらめいた時はいけるもんです。もっともわしは今、足を洗いやしたがね。呼吸は心得ている。この話は勝ちそうな気がするんでさあ」

大沢は賭博と聖書を一緒にすることに戸惑った様子であったが、親分の勢いに押されて東京の教会にマーガレットを訪ねることになった。人々が計画を練っている時、太平が突然顔を出して言った。

「この勝負、俺が振ったサイコロだ。中途半端じゃ念力は通じねえ。俺にお供させておくんなせえ」

人々は一瞬驚いたが、反対する理由は見当たらない。集落の熱意と覚悟を案外伝えられるかもしれないということで話は決まった。

東京の教会では、マーガレットと、マーガレットの通訳で日本語教師でもある井村祥子が待ち構えていた。大沢が来訪の目的を話した。大沢は、湯の川地区とハンセン病の患者に関する事実を詳しく話した。

マーガレットは井村が置き換える日本語にじっと耳を傾けた。太平は異国の女性の白い肌、神秘的な青い目に身を固くしていた。

「湯の川の本当の姿は、親分、いや太平さんの話をお聞き下さい」

マーガレットはうなずいて太平に視線を移した。

「ここは患者が助け合って生きる所です。患者が税金を納め村を動かすなんて世界に例がねえはず。人はここからハンセン病の光が出ていると申します。ところが今それが消えようとしております」

マーガレット女史は身を乗り出し、手を上げて話を制した。

「ハンセン病患者の光が消えようとしているとは」

「へえ、患者は開村時の心意気を忘れ、生きる希望をなくし、神も仏もねえと思うようになったのでごぜえます。わしも最近まで、悪者の代表みてえなものでごぜえやした。今、必要なことは、まっとうな人間の心を取り戻すことだと気付きやした。きっかけはキリスト様との出合いでやす。わしらの心に出始めた小さな芽を大きく育てるために、草津の湯の川に来てもらいてえ。死の川とともに、死にかかっているのはわしらの心でごぜえます」

大沢は側で聞いていて、大きくうなずき、目頭をぬぐっている。太平親分がこんなに心に響く深い話をするとは想像もしなかったのだ。マーガレットは姿勢を正し、親分の手を取って言った。

「素晴らしいお話です。私、死の川を見たい。皆さんの心のお手伝いがしたい。ハンセン病患者の光に接してみたい。私を案内してください」

マーガレットの顔は少女のように輝いて見えた。太平は、それを見て心に叫んだ。

〈俺の賭が当たりやがった。これは偉えことになるぞ〉

上州へ帰る太平と大沢の足取りは躍るようであった。

三、マーガレット・リーの登場

ある日のこと、例の3人が万場軍兵衛の家の戸口に立っていた。正助は戸に手をかけようとして、その手をそっと引っ込めた。権太と正男が何事かと首をかしげる。正助が小声で言った。

「こずえさんがいるよ」

正助の鼻は、戸の隙間からほのかに流れている女人の香りを敏感にとらえていたのだ。正助は中に声をかけた。

「こんにちは」

「はーい」

明るい女の声。正助の予感は的中し、戸は中から開かれた。こずえの姿がそこにあった。

「お入りください。ご隠居様がお待ちです」

3人の顔を見るなり万場老人は言った。

「こんな小屋、しかもハンセン病の老人の家など訪ねる女はこずえのみと思っておったが、最近珍客があった。しかも異国の女なので仰天した」

「さすがのご隠居様があの慌てよう。本当におかしい様でしたわ、ほ、ほ、ほ」

こずえは思い出して愉快そうに笑った。正助がすかさず言った。

「今日、話して下さるという女のことですか」

「そうじゃ、驚いたのは異国の女ということだけではない、むしろその話の内容なのだ」

一同は、老人の口から何が飛び出すのか身を固くして待った。

「先日のことじゃ。この家の戸をたたくものがある。現れたのは2人の女で、1人は異国の女ではないか。もう1人は通訳の日本人じゃ。腰を抜かすほど驚いたぞ」

万場老人は、おかしさを堪えているこずえに視線を投げながら言った。

「イギリスの上流階級の婦人と分かった。名前は、ええ、舌をかむような、何と申したか」

「マーガレット・リー様ですわ」

「そうそう、マーガレットと呼んでくれと申しておった。この人はキリスト教徒でな。ハンセン病患者の悲惨さを見て、その救済事業に一身をささげる決意を固めたという。神への無償の奉仕とはのう。神も仏もあるものかと思っている人々には信じ難いことだ」

万場老人がここまで話すと、3人の若者はしきりにうなずいた。こずえまでが膝に手を置き聞き入っている。老人はこの姿を見て、わが意を得たりという思いに駆られて話を続けた。

「マーガレットさんに、初めて日本に来たのはいつかと尋ねたら、明治41年ということだ。そこでわしは、はっと思ったことがある。明治41年といえば、日露戦争が終わって間もないころ。日露戦の勝利を支えたのは日英同盟じゃ。お前らよく聞くがよい。日英同盟はな、七つの海を支配するといわれる大国イギリスが、アジアの果ての遅れた島国日本と対等に結んだ条約なのじゃ。この条約のことと、日露戦の勝利に有頂天になったら、日本は大きな過ちを犯すことになる。はっと思ったのはこれじゃ。日本の過ちはわれらの運命に大きく関わる。わしは、このことに気付き、本気で心配しておる。日本が過信して、とんでもない冒険に出ることを恐れるのだ」

「だって、日本海海戦の見事な大勝利は日本の実力に間違いないし、世界の大国ロシアは負けを認めたではありませんか」

正助が色をなして言った。

「勝つには勝ったがな、内実はぎりぎりだった。日本の国力は限界で、あれ以上戦えないところに来ていた。国民は知らぬから戦勝国の取り分が少ないことに大いに怒ったが政府は苦しかったのだ」

「へぇー、初めて知った」

権太が驚いた声で言った。

「明治41年と聞いて、わしが驚いたことは他にもある。前年にイギリスの救世軍創始者、ウィリアムブース大将が日本に来た。救世軍は虐げられた人々を救う社会活動を目的にしていたキリスト教徒の団体だ。そこで、マーガレットさんも同じキリスト教徒としてハンセン病患者の救済活動を目指すのだなと合点がいったのだ」

万場老人は言葉を切り、顔を上げて続けた。

「もっとも、ブース大将の救世軍は、虐げられた娼婦を救う廃娼《はいしょう》運動に打ち込んでいた。前年の明治40年、前橋に来て大いに話題になったのでわしはよく覚えている」

「まあ、ご隠居様、そんなことがあったのでございますか。では、マーガレット様は、なぜ草津に目をお付けになったのでございましょう」

こずえは不思議そうに尋ねた。

「わしが話したいことはそこじゃ。ハンセン病患者が住む所は全国に多いのに、なぜ草津かとわしも不思議だった。マーガレットさんが言うには、この湯の川地区が、ハンセン病患者の希望が芽生えるところに違いないと注目したからだという。患者が力を合わせて自由の療養村を作ろうとした理想は素晴らしい。これを何としても生かさねばならない。今の混乱は、心を正すことで乗り越えることができるというのじゃ。この集落のことは2人のキリスト教関係者から聞いたと申す。驚いたことにその1人は、あの太平親分らしいのだ。わしの言うハンセン病患者の光のことが、リーさんに伝わっているとはのう。そして、その光のために力を入れたい。ついては、わしにも力を貸してくれと申したのだ」

万場老人の目は少年のように燃えていた。

「どうだお前たち、これからの成り行きによっては、力を貸そうではないか。われわれのためなのだ」

「やりましょう」

3人は一斉に言った。

それを見て万場老人は言った。

「いずれ、お前たちもマーガレットさんに会う機会があるであろう」

草津の温泉街の東の端からさらにふもとの集落に向けて1本の道が伸びる。そこへ向かう道の左は急斜面で、その下から湯川の流れが聞こえている。

しばらく進むと右側に正門があり、その奥に広がるのが草津栗生園である。国の方針で、このハンセン病の療養施設ができたのは昭和7年のことであった。

この園の近く、少し草津寄りの道路端に1本の石柱が立ち、それには、マーガレット・リー女史墓所入り口と刻まれている。

木立に囲まれた細い道を登ると、十字架を頂いた納骨堂とその奥にキリスト教徒の墓群がある。納骨堂には次のような表示がある。

「ミス・マーガレット・リー教母は英国に生まれ、病者の救済に私財を投じて献身され、キリストの愛を証明された。リー教母の遺骨は遺言により多くの信徒と共にここに納骨されている」

そして、納骨堂の前に、堂を守るように2人の教徒の墓があった。岡本トヨと大江カナである。

マーガレット・リーが、草津のハンセン病患者の救済に生涯をささげる決意をしたのは、大正5年、59歳の時であった。

マーガレットはイギリス貴族の名門につながる生まれで莫大《ばくだい》な財産を有するキリスト教徒であった。カンタベリーで生まれ、一族はハイリーのうっそうとした森に囲まれた大邸宅に住み、一族と使用人は合わせて200人に達した。何不足なく貴族の令嬢として育てられ、巨万の富を相続した。

マーガレットは、この財産と自分の余生を人類のために使用できるようにと神に祈った。母と世界旅行の途中に立ち寄った時、日本の風物が深く心に刻まれたという。来日は明治41（1908）年である。マーガレットにとって、布教と患者救済は不可分のことであった。マーガレットは湯の川地区を実際に訪ね、万場軍兵衛にも会って、湯の川の実態に近づけたことを感じた。彼女は、理想の村を実現するためには、この集落の若者に会いたい、そして、キリスト教徒でない若者に会ってみたいと願った。

それは万場老人の力で実現することになった。ある日のこと、正助ら若者は、万場老人の家でマーガレットと会った。前回と同様、通訳の井村祥子が同伴していた。若者たちは、異国の高貴な女性といろりを囲むことに興奮していた。マーガレットは若者たちの心をほぐそうとするかのように笑顔を作っている。老人の背後にこずえの姿もあった。

「何でも尋ねてよいと申されておる」

万場老人が硬い空気をほぐすように口を開いた。

「誰から給金をもらうのですか」

正助の唐突な質問であった。マーガレットの英語交じりのたどたどしい日本語を通訳が補った。

「神の命令です。神に応えられたという喜びが何よりの報酬なのです」

「神様って、見えないけれど本当にいるんですか」

　権太が聞いた。

「おられます。神は偉大です。神の前では皆平等です。国境も、人種も、肌の色もないのです」

　マーガレットは、静かにほほ笑んでいる。若者たちは、目の前の異国の女性から何か犯し難いものがにじんでいるのを感じた。

「これが神というものなのか」

　正助はそう感じるのだった。

　若者たちが不思議そうな顔をしているのを見て、マーガレットは言った。

「イエス様は、昔、王様に逆らって十字架にかけられて死にました。イエス様は人類のために身をささげ、そして教えを示されたのです。イエス様を思えば何でも耐えられます。この世の中は矛盾でいっぱいですが、神を信じて戦うことで一歩一歩進んで行くのです。私はこの谷の病と闘うことを考えています。皆さんと会えたのも神様の力です」

　マーガレットは、言葉を選び、短く区切りながら、語り掛けた。万場老人が口を挟んだ。

「西洋の神のことは、すぐには分かるまい。この国では、昔の戦国時代、ザビエルというキリスト教徒が来てキリスト教を広めた。江戸時代に入って、キリスト教は厳罰となった。明治になって、それが許され、群馬にもキリスト教が少しずつ広まっておる」

「安中の新島襄ですね」

正助が言った。

「おお、そうじゃ。昔、その教えを受けてキリスト教徒になった県会議員がおった。最近の県会には、わしの友人の森山抱月さんがいる。信者になるならぬは別のこととして、お前たち、異国の神を白い目で見たりせぬことが、この集落のためじゃぞ」

万場老人はそう言って正助たちを鋭く見据えた。

「前に話したハンセン病患者の光を育てることにもなる。マーガレット先生に協力してやってくれぬか」

うなずく若者の姿を見て、マーガレットが笑顔を作って言った。

「皆さん、ありがとう。私の下に、岡本トヨさんという優秀な女医さんがいます。病気で心配なことは、この人にお気軽に相談なさってください」


注）作中のエリザベス・リデルはハンナ・リデル、マーガレット・リーはコンウォール・リーをそれぞれモデルにしています。

四、出会い

正助は前橋市で生まれた。少年の時、腕に斑点が出来た。「つねっても痛くねえぞ」と面白がっていたが、ある時、医師の目に留まり、大変な病だと分かった。両親は驚き、なすすべを知らなかった。もちろん、最も悩み苦しんだのは正助自身であった。家族と暮らすことができないことを知ったからだ。八方手を尽くした中で、草津の湯が効く、そして湯の川地区という患者同士が助け合って自由に生きる村があることを知った。

そして、ハンセン病の患者が同病を泊める宿を経営している所も何軒かあることも分かった。その1軒が山田屋であった。正助は決心を固め、主人に直談判して、この旅館で働くことになった。

正助は真剣に働いた。やがて、その真面目な性格と聡明《そうめい》さは主人が認めるところとなった。正助も頼りにされることがうれしかった。そして、同病の権太や正男とも知り合いになった。しかし、この集落にどっぷり漬かるにつれ、この病の実態が分かり、自分の将来に絶望し、おびえるのであった。

正助が山田屋で働くようになってからおよそ1年がたったころ、東北の出だというあるハンセン病患者の娘と出会った。娘はさやといい、正助と同じように患者が経営する旅館、大津屋で働いていた。さやは器量よしで利発そうであった。そして東北人らしい素朴さを失わないでいた。

2人は同病ということで時々顔を合わせ、さやちゃん、正さんと呼び合うようになったが、初めのうちはそれ以上に特別の感情を抱くことはなかった。というよりも、心の底にあるものに気付かなかったという方が正確かも知れなかった。時々言葉を交わすうちに、さやは、驚くべき身の上話を語った。

さやは福島の田舎の出で、ハンセン病にかかったことが分かり、大掛かりに調査されることになって、一家が途方に暮れていた時、湯の川の親分に助けられたというのだ。

「えー、親分て誰だい」

正助は思わず声を上げた。さやはそれには答えずに語った。

「親分さんは巡査を殴り倒し、私を馬に乗せて助け出したのです。人の目を避け、夜に馬を走らせて、3日かかって草津に着きました。私は、死のうと思っていましたから、親分は命の恩人です。私は助けられましたが、姉が大変なことになりました」

さやはそう言って押し黙った。2人の間に重い沈黙が流れた。

「うーん。親分といえば、今は大門さん1人だが」

さやは黙って首を横に振った。

「では、大川仁助さんかい」

　さやは、じっと正助を正視してうなずいた。

「それは驚いた。仁助さんが馬で助け出した少女のことは聞いていたが、さやちゃんだったとは。仁助さんは、気の毒なことになったが、あの最期を無駄にしちゃなんないと俺たち思っているんだ」

　さやは目に涙を浮かべていた。

　ある日のこと、正助はさやがいつになく深刻な顔つきであることに気付いた。正助と会っても視線を避けるし、一見してただごとでないことをうかがわせた。

〈何だろう。湯川に身を投げるようなことでなければよいが〉

　正助は心配に駆られ思い切って声を掛けた。

「さやちゃん、どうしたの」

「・・・」

　さやはうつむいて答えない。

「何かあるんだな。同病の仲ではないか。俺にできることなら力になるよ。」

「うん、ありがとう」

　さやは消え入るような声で言って去って行った。それから2、3日を経たある日、さやが近づいて言った。

「正さん、相談があるの。今日、仕事が終わったら聞いてくれる」

さやの目には思い詰めた様子がうかがえた。その晩、山田屋の一室で、さやは衝撃的なことを語った。

「正さん、あたしお嫁に行くの」

「えー、何だって」

正助は大きな声で叫んでいた。さやは、わあと泣き伏せた。やがて意を決したように顔を上げ、ぽつりぽつりと語り始めた。

湯の川地区には患者同士が結婚することが多く行われていた。同病相哀れむと言われるが、ハンセン病の場合、世間で差別され迫害され、神も仏もない、明日なき人生を生きている人々であるから、同病の男女が求め合うのは当然と言えた。

しかし、無理な結婚を強いられる状況も多かった。ハンセン病の発症率はどういうわけか女性の方が低い。だから女性の患者は男性と比べて少なかった。

従って、男にとっては競争相手が多く、次は誰と順番をつけて待ったと言われる。だから若い女性の患者が集落に入ると、取りっこで大変であった。

もちろん、建前は強制でなく一応仲人のような人が間に入って話を進めるが、重い病をかかえ、先の望みを捨てた少女たちの立場は弱く、断ることはできない。

　さやが今、そういう状況に立たされているというのだ。さやの相手は年が離れ、顔は黒いかさぶたが重なった容貌の男であった。

「あたし、湯川に飛び込んで死にます」

　さやの表情には、それが本心であることを示す思い詰めた決意が表れている。重苦しい沈黙が続いた。じっと考えていた正助が顔を上げて言った。

「さやちゃん、待てよ。死ぬことはない。よい考えがある。俺がその仲人に会って話をつけてやる。悪い習慣だけれど破るには理由が要る。そこでだ。いいかい、俺はさやちゃんが好きで、将来一緒になりたいと言おうと思う。さやちゃん、それでいいかい」

　正助は、目の前のさやから話を聞くうちに、心の底にあったさやへの思いが一気に燃え上がるのを感じていた。

「わあー」

　さやは正助の膝に泣き崩れた。さやの胸にも正助への思いがあったが、まともな恋など望むべくもないという諦めが重圧となって心の叫びを抑え込んでいたのだ。今、熱い激情が心のふたを吹き飛ばしたのであった。

　正助は早速動いた。権太と正男に相談すると、2人とも「応援するぜ」と言った。仲人役の男も正助の情熱に反対する理由はなかった。さやは大変な喜びようだった。

「正さん、あたしうれしい。ありがとう」

「湯川に飛び込まなくて済んだね」

　2人は固く抱き合って離れようとしない。正助はさやの胸の鼓動を受け止め、頬の温かさを感じ取って、これが生きることだと噛み締めたのであった。

　それからしばらくしたある日、権太と正男が正助の前に立っていた。そして、正男が言った。

「正助、お前、本当にさやちゃんが好きか」

「そうだよ。ならどうした」

「そのままにしておくのはよくないと思うぜ。集落では、あれは正助の芝居ではないかとうわさする者がいるんだ」

「芝居でなんかあるものか」

　正助がむっとした声で言った。

「それなら、ちゃんと嫁さんにしろよ。難しいことねえだろう」

　権太が言った。

「うーん、所帯を持つのは大変だと思うが」

「家を持つことは後でもいい。正式に嫁さんになったことを集落に知らせることが必要だ」

こう正男が言うと、権太が一歩踏み出して笑顔をつくった。

「ご隠居さんに仲人になってもらえ。式は頼朝神社がいい」

3人が万場軍兵衛を訪ねて意見を聞くと大賛成であった。

「頼朝神社とは、お前たちよく考えたな。あそこは集落の氏神だし、源頼朝を祭った点もよい。頼朝は新しい武士の時代をつくった男。2人はこれから闘いの人生を始めるのだ。頼朝が2人の将来を勇気付けてくれるだろう」

話は一気に進んだ。老人1人が仲人ではよくないというので、こずえが役割を担うことになった。参加者は権太と正男を中心とした数人の若者、それに正助とさやが働く山田屋、大津屋の主人であった。主人たちは、住まいについてはいずれ2人で暮らせるように考えるからしばらく待てと言ってくれた。

正助とさやを喜ばせたのは、山田屋の主人の計らいで、新郎、新婦の衣装を整えたことである。花嫁姿となったさやは見違えるようであった。

さやは、福島の古里を思って涙を落とした。自分を追った農村の風景が一瞬頭をよぎる。

「さやさんきれい」

こずえが思わず叫ぶ。

神職が祝詞を上げ、2人が夫婦であることを宣言した。三三九度の杯を上げると、人々の明るい笑顔が社にあふれた。正助の胸には万感迫るものがあった。

五、時代の風

時代は内外ともに激しく動いていた。そうした政治、社会状況はハンセン病患者に対しても影響を与えた。国のハンセン病対策は予算に関わることであり、景気や国防費に左右されたからである。

また軍国主義の機運が高まる中で、ハンセン病に対する偏見と相まって、この病気が「聖戦」を汚す国辱ととらえる傾向が生まれ、このことが偏見を助長するという悪循環につながったからである。

イギリス人宣教師、マーガレット・リーが湯の川地区でハンセン病患者の救済活動に入ったのは、大正5年のことであった。そのきっかけには、前記のさやのような少女の保護があった。男性患者の争奪の的となった患者の少女を憐れみ、湯の川地区の陽春館の一室を借りて保護したのである。

マーガレットは、翌年にも同じような立場の少女3人を保護している。このような状況を考えた時、仲間の正助に助けられ、喜びを共有できたさやは幸せであった。マーガレットはその後、莫大な私財を投入して病院を作るなど、キリスト教に基づく救済事業を展開していく。

大正5年は西暦で1916年。2年前に第1次世界大戦が勃発した。これはドイツを中心としたその同盟国とイギリス、フランス、ロシアなどとの戦いだった。日本は日英同盟を理由としてドイツに宣戦布告し、中国におけるドイツの根拠地を占領、そのほかドイツの利権を強引に継承する動きに出た。

中国に二十一カ条の要求を承認させたことで、中国の民衆の反日感情は一層激化した。中国へ強引に進出する動きは、日本の運命を誤った方向に導くことになる。そして、軍国主義の激しい渦の中にハンセン病の人々は巻き込まれてゆく。

大正6年のある日、正助たちは久しぶりに万場軍兵衛を訪ねた。正助のそばに座るさやの姿には、新妻の雰囲気が漂っている。それを見て万場老人が言った。

「若いというのはいいものじゃな。は、は、は」

「さやちゃんも勉強したいと言うので」

「おお、それは感心じゃ。これからは、女が学ばねばならぬ時代なのじゃ」

「さやちゃんは、この湯の川地区ができたいきさつを知りたがっています。前に、ハンセン病患者の光ということを教えてもらいましたが、その時、村から追われるようにしてこの集落ができたようなことを言われましたね。そのことを俺たちもっと深く知りたいのです」

正助がこう切り出したとき、権太が言い出した。

「うん、先生、俺も知りてえ。昔は、本村の病気を持たねえ人と一緒に風呂に入っていたという。それが何で追われたんですか」

「権太、お前が不思議に思うのも無理はない。よい機会じゃ。昔のことを話そう。それを知ることが、この集落を守り、偏見と闘う原点となる」

万場老人はきっぱりと言った。そして、後ろに手を伸ばし、古い書き付けを引き寄せた。万場老人は書き付けをめくりながら語り出した。

「この草津は昔から有名だった。明治の初め、明治12年頃かな、スウェーデンの人物で地理学者のノルデンシェルドやドイツの医学者ベルツも草津を訪れている」

老人は少し考えて続けた。

「このノルデンシェルドはな、草津の共同浴場で、ハンセン病の者も、普通の人も混浴している姿を見て、大変驚いている。社会の発展と、こういう人たちが温泉の良さを発表した影響は大きかったに違いない。こうした事情で草津は、新しい繁栄期を迎えるのじゃ。そして新しい客層が増える。新しい旅館経営者も増える」

「新人は草津の習慣を嫌う。ハンセン病を怖がる。そこでハンセン病の患者は分ける、という声が高まったのですね」

「営業の妨げとなる。ハンセン病患者は出て行けだ」

　正男と権太が次々に声を上げた。

「その通りじゃ。営業上の理由からハンセン病患者を温泉街から締め出しにかかったのじゃ。草津の歴史は古い。その中で人々は、ハンセン病を恐れない習慣を作った。恐らくハンセン病がうつらないことを経験から学んでいたといえよう。そうでなければ同じ湯に入るなどできるものか。肌を触れ合うようなものだ。それに、われわれの風貌を恐れないというのも意味が深い。草津の人々は、ハンセン病の差別と偏見を無意識のうちに乗り越えようとしていたのではないか。ノルデンシェルドがハンセン病患者との混浴を見て戦慄《せんりつ》したというが、この人が驚いたことにはもっと深い意味があって、偏見や差別を超えた姿に度肝を抜かれたのではないか。わしは、そう信じたい」

　万場老人が言葉を止めた時、戸外に足音が近づいた。こずえであった。一歩踏み入れて、さやを見ると言った。

「こんにちは。あら、お久しぶりね」

「いつぞやは大変お世話になりました。これからもよろしくお願いします」

　さやは丁寧に頭を下げた。

「こちらこそ。こんなところで女が2人。ご隠居様が喜んでいるに違いないわね。ほ、ほ、ほ」

こずえは老人をチラと見ながら言った。

「これもな、差別と偏見に悩む女じゃ」

万場老人はこずえに視線を投げながら言った。さやは、こずえの美しい笑顔には結び付かない老人の言葉に奇異なものを感じた。

「まあな、話はそれたがな、村は新しい時代の変化に合わせるために、われわれ患者を切り離してこの湯の川に移そうとしたのじゃ。患者は怒ったぞ。しかし結局、自由の別天地で自由の療養を営むという大義に患者の大勢は従うことになった。結果はよかったのだ。本村から切り離されたため、患者による患者のための自治の力が生まれたのだ。村も出ていってもらった手前、集落の自治に協力した。そして助け合う集落が出来た。これが先日話したハンセン病患者の光の原点じゃ」

さやは、老人の話を聞き漏らさじと真剣に耳を傾けていた。

「今日は、ここまでじゃな。愉快なひとときだった。一言言っておきたいことがある。今、世界大戦のただ中にあるのを知っているか。幸い日本は戦場になっていない。イギリスがドイツと戦っている。日本は日英同盟を結んでいるから、イギリスを助けるということを理由に、ドイツに宣戦を布告した。そして、中国におけるドイツの権益を奪いにかかっている。そこでじゃ。

中国の反日感情に火がついている。わしは日本の将来が心配じゃ。日本は、日英同盟によって中国で漁夫の利を得ようとしている。軍国主義はわれわれ患者の敵だということをお前たち、胸にとどめておくがいい」

さやは、こずえと知り合いになれたことを改めて喜んだ。こずえは、力になると約束した。

六、別れ

正助とさやは、山田屋の主人の計らいで、離れの一室を与えられて生活することになった。人間は心の生き物である。心に何が宿るかにより、人は狂人にもなり革命家にもなる。

追い詰められた男女の心に共通の愛が芽生えた時、それは強い生きる力となって２人をよみがえらせる。絶望のふちに立っていた正助とさやの瞳には、今、燃えるものがあった。

幸い、２人はハンセン病の患者とはいえ軽症といえた。最近の２人を見ると、その生き生きとした動きは健常者と変わらなかった。ただ、２人は日々、重症者の姿を見るにつけ、あれが自分たちの将来の姿かとおびえるのであった。

ある日、正助は、マーガレット・リーが建てた聖ルカ病院を訪ねた。そこにはマーガレットが話していた岡本トヨというキリスト教徒の女医がいた。

岡本トヨは福島県の生まれで、東京の医大で学び、大正6年、マーガレットの招きを受け、33歳で聖ルカ医院の初代医師になった人である。正助が訪ねたのは、医師就任後間もない時であった。

「若い人が将来に不安を持つのは当然です」

トヨはそう言って正助を診察し、正助の不安に耳を傾けた。診察室の片隅に聖母マリアの像が置かれていた。トヨは正助の目を正視して言った。

「この病はまだ良い薬、良い治療法が見つかっていません。無知や迷信が大きな妨げになっているのです。長い間、遺伝病で感染力が強いと恐れられてきましたが、ノルウェーのハンセン氏がらい菌を発見し、遺伝病でないことが科学的に分かりました。そして、このらい菌を研究した結果、感染力が非常に低いことも分かってきました」

正助は初めて聞く事実に驚愕《きょうがく》した。にわかに信じられない思いなのだ。トヨは続ける。

「大切なのは心の問題なのです」

正助はマリア像に目をやり、キリストの説教だなと思った。しかし、トヨの話は意外であった。

「病は気からと言いますね。これには科学的意味があります。病気を治す力は本来生き物には備わっているのです。それを免疫力といいます。人間は精神的生き物ですから心の持ち方が大いに影響するのです。西洋の例ですが、死刑の宣告を受けた人の髪が一夜にして白くなったことが報じられています」

トヨの口から遂にキリストのことは一切語られなかった。正助の胸はなぜか膨らむのであった。

早速、さやにありのままを話すと、さやは正助が驚くほど喜んだ。遺伝病でないことは、半信半疑のようであったが、心の持ち方と免疫力については、いかにも納得したようである。

「正さん、あたしうれしいわ」

「うん、俺もうれしい。生きる望みが湧いたね。力を合わせれば、その免疫力とやらも倍増するに違いないよ」

正助が抱きしめると、さやはその胸の中で泣いた。それから数日したある日、正助とさやは、仕事が終わってから向き合っていた。正助の様子がいつもと違っていた。

「正さん、何かあったの」

さやが心配そうに正助の顔をのぞき込んだ。思い詰めたような目がただならぬことを物語っている。

「大変なことが起きた」

正助はぽつりと言った。

「何なのよ、正さん。話してよ」

さやは泣きださんばかりの声である。重い沈黙が流れた後で正助は口を開いた。

「召集令状が来た。お国から。本当なんだ」

「えっ。戦争に行くの」

さやは叫んだ。

「まだ、どこへ行くのか分からない。どうなることか分からない。先日、万場老人が世界の戦争のことを話していた。中国のことも話していた。あのことと関係あるのだろうか」

正助は、きっと唇をかんでさやを見詰めた。言葉を出せない重い空気が2人を包んでいた。

2人の運命はどうなるのか。2人には分からない。

やがてさやが言った。

「病気があっても行くの」

「ハンセン病と登録されているわけではない。それに俺は軽い。だから20歳の徴兵検査でも合格した。その時、俺は国から一人前だと認められたことを喜んだ。しかし、まさか天皇陛下から召集令状が来るとは夢にも思わなかった」

「正さんはどうなるの。私たちはどうなるの」

「分からないんだ、さやちゃん。何も分からない。俺は一晩考えた。さやちゃん、聞いてくれ。俺は思いついた。国のために尽くさなければならない。お国のために働ける機会が与えられたんだ。喜ばなくちゃならないんだよ」

「そんな。私はいや。お国のためなんて分からない。正さんと離れたくないの」

　さやは、涙の目で正助を見詰め、正助の膝に両手を置いて肩を震わせている。

「さやちゃん。まだ永久に離れると決まったわけじゃない。俺は泣かないぞ。人間には定めというものがあるんだ。どうにもならないことなんだって。それを泣いても仕方ないじゃないか。さやちゃん、俺に力を貸しておくれ。離れても心は一つじゃないか。体も一つじゃないか。さやちゃんが励ましてくれれば俺は生きられる」

「そんな、私は嫌」

「何だいさやちゃん。泣くなよ。俺まで弱気になるじゃないか」

「ええ、分かっているの。でも、でも」

　さやは激しく首を振って正助の膝に顔を埋めた。

「俺たちは、普通の人と違って大変な問題を抱えている。先日話したルカ病院の女の先生の言葉を信じようじゃないか。先生が言うには、人間の体には病気と闘う力があるそうだ。その力を強めるのは心の持ち方だと言うんだ。明るい気持ちで病気と闘うことが大切なんだって。だからさやちゃん。絶望しないで頑張ろうじゃないか」

さやは顔を上げてうなずいた。２人はしっかりと抱き合った。更けていく夜の闇の中で湯川の流れが響いていた。

２人は翌日、万場軍兵衛を訪ねた。

「ほう、お前のところにとうとう来たか」

老人はそう言って、２人の顔をじっと見つめた。

「おめでとうとは言わぬ。困ったことだともわしは言わぬぞ。若い２人は十分に話し合ったことだろう。わしのできることは、側面からお前らの運命を助けることじゃ。正助よ、さやさんのことは心配するな。こずえに、助けになるようよく話す。ルカのマーガレット女史にも話してやろう」

老人はそう言って、傍らの書類の山から何やら取り出して目を走らせている。

「世の中、これからどうなるのでしょうか」

正助の声は不安そうである。

「誰にも分からん。だがな、わしは、日本が中国を侮って、敵にしようとしていることが心配じゃ。日清戦争、日露戦争に勝って、日本は神の国になった。神の国は正義の国でなければならぬ。ところがどうじゃ。この世界戦争に乗じて中国に二十一カ条の要求を突きつけた。中国人の誇りを踏みにじる侵略だと叫んで、中国の若者が立ち上がっている。わしは、正助がこのような流れに巻き込まれていくことが心配なのじゃ。だが正助よ。先のことを心配しても始まらぬ。勇気をもって運命に立ち向かうのだ。さやさん、泣いてはいかん。さやさんの明るい笑顔だけが正助の助けに違いない」

「はい、私はもう泣きません」

さやはきっぱりと言った。正助の顔も吹っ切れたように明るかった。

徴兵検査合格には正助を担当したある医官の思惑も働いたに違いないと言われた。この医官は、ハンセン病の患者はハンセン病で死ぬならお国のために死ねという考えを持っていたので、積極的に合格させたというのだ。

しかし、正助にとって合格は大きな生きる励ましであった。さらに天皇陛下から召集令状をもらうとは、差別と偏見の暗雲を吹き飛ばすような出来事であった。草津をたつ前夜、さやは正助の胸で激しく泣いた。

「正さん、必ず、必ず生きて帰ってね」

「さやちゃん、お国のために命をささげられることを喜ばなければならない。さやちゃんのことは生きる支えだ。どんな世界が待っているのか俺には分からないが、力いっぱい戦うんだ。勝って帰ることを祈っておくれ」

七、小さな命

正助は草津を去って行った。取り残されたさやは、言い知れぬ孤独と不安に襲われ、正助の後を追いたい気持ちに駆られた。

正助が草津を立ってしばらくした時、さやは体の異変に気付いた。それが小さな命だと知った時、さやの衝撃は大きかった。それは大きな喜びであると同時に新たな不安と悩みの始まりだった。

小さな命がいとおしい。この小さな命は正助との絆の証。神様が与えて下さった何よりも大切なもの。

しかし、そう考える胸の内に、暗雲のように湧いてくるものがある。生まれてくる子が恐ろしい病を継いでいたら。正助によれば聖ルカ病院の女医さんは遺伝しないと言ったというが本当だろうか。信じ難いが信じたい思いが湧いてくる。

正助が知ったら何というだろうか。一番聞きたい正助はいない。さやは大いに悩んだ。聖ルカ病院の岡本トヨのことは正助から聞いていた。女医に相談したいが、よく分からない異国の神のことを語られたらどうしよう。しかし、誰かに相談したい。迷った末に岡本女医に聞くより他はないと決心した。

女医は笑顔でさやを迎えた。背後の子どもを抱いた白いマリア像が目についた。正助さんも、ここであのマリア像を見たのかしら。さやは、その小さな赤子の姿が気になった。

「生まれはどちら。差し支えなければ」

ハンセン病の患者は出生地を隠すのが常であったのだ。

「福島です」

「まあ、私は郡山です」

「え、では隣村です」

さやは驚いた。懐かしい古里の山河が浮かび女医に親しみを感じた。岡本トヨも、うれしそうな笑みを浮かべている。さやは、話すべきか迷っていたが、女医が同郷の人と知り、気持ちが軽くなって、おなかの子のこと、そして現在の悩みを話した。

女医は大変驚いた表情をしたが感情を抑えるようにして言った。

「正助さんはおなかの子のことは知らないのですね。あなたもさぞ辛かったことでしょう」

さやは黙って下を向いた。

「正助さんが前にここへ見えた時、この病は遺伝病でないこと、感染する力が弱いことを話しましたが、正助さんは、この話をおなかの子の運命と結びつけて聞くことはなかったことになります。感染力が弱いということは、草津の人が知っていたことではないかしら。共同浴場で皆一緒に入っていたことがそれを示すでしょう。しかし、世の中には多くの患者がいます。生まれてくる子が感染しないとは限りません。私は医師として悩んでいるのです。怖いのは、世の偏見と差別です。そういう中で、子を産むことを覚悟せねばなりません」

さやは女医の口元を見詰め、何を言おうとしているのかを知ろうとして真剣に耳を傾けた。

「偏見とは間違った考えのことですか」

「そうです。無知や誤解が偏見を生むのです」

さやは、この時大きくうなずいて息をのむしぐさをした。

「・・・」

女医は、さやを目で促した。さやはぽつりぽつりと話しだした。

「実は、里でお姉さんが、その偏見とやらの犠牲になりました」

「えっ、どういうこと」

「村のお医者によって、私がハンセン病だと分かりました。ほんの初期で軽いということでしたが、お巡りさんが先頭に立って、白い服を来たお役人たちと一緒にやって来て調査することになったのです。私は助け出されましたが、その後で調査は行われました。パッと村中に知れ渡りました。伝染する、怖い、と誰も近づかなくなりました。姉は嫁ぎ先にいられなくなり、離縁され家に帰りましたが、家にもいられないのです。気が変になっていたと思います。ある時、姿が見えなくなって、探したら井戸に飛び込んでいるのが発見されました。姉の思い詰めた顔が浮かびます。男の人を好きになるのは悪いことなのかとずいぶん悩みました。まして、赤ちゃんを産むなんて許されないことなのかと苦しんでいます」

女医は、まばたきもせず、さやを見詰めて聞いていた。そして、後ろを振り向くと、マリア像を指して言った。

「マリア様は馬小屋でイエス様をお産みになった。今から1900年以上も昔、古代ローマ帝国の時代で、今よりもっともっと大変でした。奴隷制度があり、キリスト教徒は迫害されました。ハンセン病の人は死の谷に閉じ込められ肉親が面会することも許されませんでした。イエス様は成長して隣人愛を説きましたが、ローマの総督により十字架の刑に処せられました。イエス様の死は全人類を救うための死でした。人の命は地球より重いという言葉をかみしめます。女は命を産む存在です。女は命を大切にする覚悟を持たねばなりません。私は、あなたに子を産むべきかどうか意見することはできません」

そう言って女医は言葉を切り目を閉じた。そして目を開くときっぱりと言った。

「キリスト教徒としては信者でないあなたにキリスト教の信念を言えないからです」

さやは遺伝病でないことを女医から直接聞いても、まだ不安だった。さやの表情を見て女医は笑顔を作って言った。

「私が尊敬するある医師に会うことを勧めます。私が東京にいたころに知り合った医師であり、学者です。京都帝国大学医学部を卒業されました。小河原泉様と申され、大変優れた方なのでいずれ医学部の先生になられることでしょう。ハンセン病については学会の主流とは異なった進んだ考えをお持ちです。あなたに決意があるなら、紹介状を書きましょう。京都大学に聞けば、その方の所在が分かると思います」

さやは大きくうなずいた。正助は、国のために命を捨てる覚悟で出て行った。おなかの子は正助がさやに託した財産であり、正助の分身である。自分も命がけで、この財産に取り組まねばならない。そのための大事な一歩が、この小河原という医師に会うことだと思えた。

さやは万場軍兵衛に相談した。すると、老人はすぐに動いた。京都大学に連絡し、小河原泉という医師と会えることになった。旅費などの費用は万場老人が面倒を見るという。恐縮していると、こずえまで同伴につけると言ってくれた。万場老人はきっぱりと言った。

「この問題は、さやさんと正助だけの問題ではない。おなかの子のためでもある。そしてな、われらハンセン病患者全体に関わる予感がするのじゃ。金のことは心配せんでいい」

岡本トヨは、喜んで紹介状を書いてくれた。さやは出発前に紹介状を自分の手紙とともに京都大学に送った。

八、小河原泉医師

さやは旅の途中、偉い大学の偉い先生とはどんな人だろうと、いろいろ想像して緊張していた。大学の門をくぐり、立ち並ぶ建物の偉容さに接すると、その緊張は一層高まった。

「さやさん、頑張るのよ。おなかの小さな赤ちゃんがお母さん頑張れと応援しているじゃないの」

こずえの励ましの声にうなずきながら建物に踏み入れたのであった。小河原泉医師は研究室で2人を迎えた。雑然と積まれた書物の山は湯の川の万場老人の小屋を連想させ、なぜかさやをほっとさせた。

「上州群馬の山奥ですね。草津温泉、そしてハンセン病。私が長年大いに注目してきたことです。遠距離で疲れたでしょう。要点は岡本さんとあなたのお手紙で承知しております」

遠来の労をねぎらう視線は優しかった。髪はぼさぼさで身なりは飾らない人である。怖い先生を想像していたさやは身近なものを感じて安心した。

「私は、恐ろしい遺伝病で人にうつるということで東北の村を追われました」

さやは重い胸の内を思い切って口にした。このことでどんなに悩んだことか。偉い大学の先生の口から直接真実を聞きたかった。おなかの赤ちゃんの運命がかかっていた。さやは判決を

前にした被告のように身を固くして小河原の言葉を待った。

「結論から言います。遺伝はしません。感染の力は非常に弱い。ハンセン病は治らない病気ではないのです」

「まあ、本当でございますか」

さやは、信じられない思いで、そっとおなかをなでた。隣のこずえがよかったねと視線を送る。その表情は輝いている。

「ノルウェーという国のハンセンという学者が、らい菌を発見したのです。ハンセン病の名は、この学者に由来します。これでハンセン病は菌の仕業ということがはっきりしました。人間の体は細胞という小さな単位でできています。遺伝は、この細胞の中にある遺伝子によって伝えられます。ハンセン病の菌は、この細胞とは全く別の存在ですから遺伝することは全くありません」

小河原はきっぱりと言った。なんとうれしい言葉であろう。岡本トヨから遺伝病でないことは聞かされていた。しかし、今、有名な大学の先生から改めてそれを聞くことは、格別な重みをもってさやに明るい衝撃を与えた。さやには、目の前の学者が救いの神に思えた。小河原は、手を伸ばして1枚の紙を机に広げた。

「これが細胞の図です。精子という一つの細胞、卵子という一つの細胞。これが合体して受精卵となり、分裂して増えて何十億となり、人の体をつくっていくのです。神の業ともいうべき神秘の世界ですね。この細胞から人体が作られる過程、つまり赤ちゃんが作られる道筋にハンセン病菌が入り込む余地は全くありません」

さやは、学者の説明がよく分かる気がした。そして、おなかの赤ちゃんにも学者の言葉が伝わり、小さな命が喜んでいるように感じられた。

「感染はどうなのでしょう」

さやのもう一つの大きな不安であった。

「私が今、研究している最大の課題です。皆さんの草津は、重要な示唆を与えています。一つの実験場と言えます。共同浴場は昔、患者と混浴でしたね。人々は長い経験から容易にうつらないことを知っていたのではないでしょうか。少し正確に言うと、菌が体に入ることと病気が発症することとは別なのです。菌が体に入っても、体に力があればほとんど発症しません。栄養が悪かったり、体の力が落ちると発症する。私が集めている資料では、貧しい農村に患者が圧倒的に多い。これは貧しくて栄養事情が悪いからではないかと思います。この体の力、菌と戦う力を免疫力と言います。私の集めた統計では一般の感染率は非常に低い。感染率が非常に高いというのは迷信だと信じます。近い将来、ハンセン病菌は薬によって撲滅されるに違いありません。ハンセン病の撲滅は人間の回復です。しかし、ハンセン病の撲滅はらい菌の撲滅だけでは達成できません。世の中の偏見をなくした時、ハンセン病の撲滅は実現するのです。地域社会が力を合わせ偏見と闘わねばなりません。現在は、社会全体でハンセン病の患者をいじめている状態です。皆さんの湯の川地区は特別な所として注目しています。キリスト教徒のマーガレット女史、岡本女医も同じ思いだと信じてます」

小河原の言葉をさやは熱い心で受け止めた。

小河原は去っていくさやたちを研究室の窓越しに見ながら、ああいう人たちまで隔離するというのは絶対に間違っていると思った。研究室の同僚が小河原に言った。

「上州の草津の人たちですか。あそこは研究の宝庫だね」

「そうです。僕は草津の人に会って、ここの方針が正しいことを確信したよ。感染力は弱い。学界と国は隔離すればいいと思っている。僕はこれは間違っていると思う。君はどう思うね」

「基本的には、小河原君と同じだよ。日本の主流は一生隔離というんだから、ひどい。人道に反する。実際、治る人もいるのだから、よくなったら解放すべきだと思う」

「僕は、草津のあの女の人たちの輝く表情を見て思ったんだ。仮にあの人たちを隔離したら、あの表情は消える。ということは何を意味すると思う。心の力が失われることじゃないか。免疫力が下がってしまうと思う。あの人たちが言っていた。湯の川というハンセン病患者の集落は、患者たちが助け合って村を運営しているというんだ。僕はこういう助け合いの力が免疫力を生み出しているとさえ言えるんじゃないかと思うんだ。医は仁と教えられた。隔離は仁に反することだと思う。今日、あの人たちに会って、改めてこのことを確信したよ」

小河原は、にっこりと笑って言った。

京都帝国大学の構内を出たさやの足取りは軽かった。前途に光明を見いだした思いであった。

「こんなにうれしいことはないわ。ご隠居様も大喜びよ」

こずえが自分のことのように喜ぶ姿が、さやには光を放つように見えた。

帰りの車中で、2人の話は万場軍兵衛のことに及んだ。

「万場老人は不思議な方ですね。病気のことを聞いてはいけないのでしょうけど。心の支えです。とても感謝しているわ」

「秘密はあるけど、あなたは別よ。ふもとの村に大きな屋敷があって、昔のご先祖は大きな力をもっていました。ご隠居様は東京でお生まれになり立派な大学で学問を積まれました。発病されて、一族の名誉を考えて、湯の川地区に入られたのです。私は縁者で、里から物を運んだり、身の回りのお世話をしてるの。話せるのはこの位よ」

さやは、話を聞いて胸がふくらむ思いであった。こずえの明るい笑顔の奥に、品格と人の歴史を感じるのであった。

うなずくさやの横顔を見てこずえが言った。

「ご隠居様に、あなたのお世話をするように言われているの。今日のお話を聞いて、私も勇気が湧いたわ。ご隠居様に報告しましょうね。私の里にあなたをご案内する日が来ると思います。一緒に頑張りましょう」

「ありがとう、こずえさん」

さやの目に涙が光っていた。正助が旅立ってからしばらくして、便りがあった。それには、正助の隊は中国へ向かうらしいとあった。

ある日、さやはこずえと共に万場老人を訪ねた。

「そうか、京都大学の先生がそう申したか。それが正しいと思う。それを信じようではないか。遺伝はしない。感染の力も弱い。これこそ湯の川地区の光を支える力だ。正助が知ったらどんなに喜ぶことか」

「正さんは中国へ向かったと言います。中国とはどんなところで、戦いはどうなるのですか」

さやが不安そうに聞いた。

「うむ、さやさんが心配するのは無理もないこと。わしも成り行きを心配しとる。今日はこのことを話さねばならぬな」

万場老人は、傍らの書物の山から何枚かの書類を引き出した。

「中国に4億の民がいると申す。前にも話したことじゃが、中国の民が日本に対し一斉に怒りを向け始めた。若者だけでなく、一般の市民や農民までが反日を叫び出した。正助がそこに向けて入って行ったとすれば、わしは正助の身が、そして日本の将来が心配でならぬ」

「でも、世の中は勝った勝ったと大騒ぎしていますけど」

さやが抗議するような目を老人に向けた。

「問題は情報じゃ。国民に正しいことが伝わらぬうちに日本丸が恐ろしい方向へ向かう恐れが生まれる。その中に向かう正助がふびんじゃ。勝っただけで安心してはいけないのだよ」

〈私たちだって大変〉。さやは心でつぶやきながら、そっとおなかをなでた。

「まずな、今の世界戦争を日本の指導者は天の助けとみている。わしには、日清、日露で勝ったことで付け上がっているように思えてならん」

老人の目が光った。

「ご隠居様はアヘン戦争のこと、北のロシアの恐ろしさのことなどよく話してくださいました。そんな世界で正義ということが通用するのでございますか」

先ほどから黙って聞いていたこずえが口を挟んだ。

「当然じゃ。いつの時代も戦いには正義がなくてはならぬ。国の運命、国民一人一人の命が関わることは、正義があって初めて動くべきこと。この基本を忘れるなら必ず失敗する。これは長い人類の歴史が教えることなのだ」

こずえは感心したように大きくうなずいた。

「今の戦いはヨーロッパが主戦場でな、中国大陸はがら空きになっておる。日本は日英同盟によってイギリス側でな。イギリスの要請で日本はドイツに宣戦布告した。そしてドイツの領分を攻撃し、勢力を広げようとしている。日本の指導者は絶好の好機と考えとる。ここぞとばかりに中国に無理な要求を突きつけたというわけだ。わしに言わせれば、火事場泥棒じゃ。火事場泥棒の片棒を担がされる正助は、このことを知らぬ」

「まあ」

「何ということ」

さやとこずえは不安そうな視線を交わした。

「とにかく、このところの中国の情勢は目が離せぬ。わしの所へは、いろいろ情報が入る。その都度話してやるが、お前たちは心配せず、しっかり毎日を生きねばならぬ。それが銃後の守りというものじゃ」

万場老人は、口元を引き締めてきっぱりと言った。

京都帝国大学で小河原泉に会って、さやは子を産むことに光明を見いだした。そして、何としても産みたいという強い決意になっていた。神から授かった尊い命であり、正助との間を結ぶ唯一の絆でもあった。さやの決意を知ってから、こずえはしっかりとさやを支えた。それは、万場老人の指示であったが、それ以上に命を育むさやへの同志的思いもあった。

さやはおなかが大きくなり始めるころ、ふもとの集落に移った。そこは、万場老人の一族の屋敷でこずえも住んでいた。湯の川地区で子を産むと、生まれる子が差別と偏見を背負うことになるから避けた方がいいという万場老人の配慮だった。

さやは時々、夜になると村の社に通って、そっと手を合わせた。健全な子が生まれますように、正助が無事でありますようにと。

ある夜、杉の木立の中を社に向かうと、後ろからヒタヒタと近づく足音がした。こずえであった。

「知っていたのよ。一緒に祈ってあげる」

にっこり笑った顔が青い月光の下で美しい。

「まあ、うれしいわ。思いがきっと通じるわね」

さやの目に光るものがあった。

期待と不安の重圧の中でさやはその時を迎えた。元気のいい玉のような男の子であった。〈正さんに目がそっくり〉。さやは不思議な感動にひたっていた。

名前は正太郎。万場老人が名づけ親になった。

第二章

大陸の嵐

一、抗日

正助の隊は中国の青島に向かったが、大正7（1918）年、韓国に移動した。この時期、中国でも韓国でも抗日運動が盛んになっていた。正助たちが急きょ韓国に回されたのは、民衆運動に備えるためであった。中国では日本が不当な二十一カ条の要求を突き付けたことで、抗日運動が一層激しくなった。

そして、ベルサイユ条約でこの要求を世界が承認したことで、翌年5月4日、北京大学の学生を中心とした若者が一斉に立ち上がり、抗日の嵐は中国全土に広がった。五・四運動である。この動きは韓国にも大きな影響を与え、日本の支配に抵抗する三・一運動が起こった。韓国は明治43（1910）年以来、日本に併合されていたが、反日、そして独立を求める動きは根強くあった。

これに影響を与えたのが隣国中国の民族運動や革命であり、ウィルソン米大統領の「民族自決」のメッセージだった。大正8年3月、元韓国国王・李太王の国葬に際し、日本式で行うという日本政府の決定に対し、学生たちは激しく反発した。独立宣言書を朗読し、「大韓独立万歳」を叫んでデモ行進し、一般市民も合流した。この運動は各地に広がり、警察や官公署が襲われるほどになった。

そこで原内閣は兵を増派することになった。各地から集まった日本兵の中に正助の姿があった。韓国は日本の一部とはいえ、京城での兵士の外出や単独行動は厳しく規制されていた。それでも4月になると、京城の街はいく分静けさを取り戻していた。

ある日、正助が兵舎を出た時、突然物陰から歩み出た男がいた。一見して、異様な風貌である。正助は、はっとして立ちすくんだ。紛れもない、ハンセン病の顔であった。

「旦那、ちょっとよろしいですか」

男は意外にも日本語で話しかけた。正助は、その場を走り去ろうとしたが、男に敵意が感じられず、何か引かれるものがあって足を止めた。

「下村正助さんでございますね」

「えっ」

正助は思わず叫んでいた。

「どうして私のことを」

「はい、同病の兄が群馬の草津で、万場という人に助けられました。あなた様が京城へ来られることは、草津の兄が、その人に頼まれて知らせてきたのです。困った時はお助けしろと。何かの時はここへ。私は李《リー》と申します」

男は小さな紙片を渡すと、あっけにとられた正助を置いて姿を消した。正助は高鳴る胸を抑え、平静を装ってその場を離れた。

〈夢か〉。正助は兵舎に戻ると信じられぬ思いで先ほどの出来事を振り返っていた。異郷の果てで、ハンセンの同病者から草津と万場老人のことが語られるとは誰が想像できようか。正助は運命の巡り合わせの不思議を感じた。

紙を広げると「火急の時に」と記され、「ハンセンの谷の白鬼」とあり、その下に暗号めいた数字と記号が記されていた。それが何を意味し、どう使うのか。この時、正助は特に気に留めることはなかった。ただ、「うーむ」とうなるのみであった。京城に待機している正助にとんでもないことが起きたのは、それからしばらくしてのことであった。

二、枯れ木屋敷

さやが住むふもとの里の屋敷は、通称枯れ木屋敷と呼ばれていた。数百年を経たケヤキが屋敷の黒塀の外へ大きく枝を伸ばしていた。確かな命をつなぐこの巨木は、屋敷の古さを象徴するように枯れた姿にも見えた。枯れ木屋敷の呼び名の由来は、この古木であった。

さやは、離れの一室を当てがわれ、家の家事と農業を手伝っていた。家の人々は、万場老人のゆかりの者ということでさやを温かく迎えた。正太郎を産んだことは、さやにとって人生の一大事であった。さやは元気な泣き声に感激し、赤子の体をくまなく見て、異常のないことを知り神に感謝した。

〈正さん、やったわよ〉。さやは心で叫んだ。そして、初めて正助と肌を合わせた湯の川地区のことを思い出した。同病であることは承知していても、それを確かめ合う機会であった。右の腕に正助と同じ大きさ、同じ色の斑点があったのだ。2人は運命の不思議さを感じた。呪わしいと同時に不思議な絆の証しにも思えるのであった。さやはあの時を懐かしみ、正助の身を案じた。

京都帝国大学の小河原の言ったことは真実と思えた。遺伝はしない。感染も少ない。さやは正太郎を抱いてそのことを実感した。

ある日のこと、さやが正太郎を湯に入れていると戸が開いた。湯けむりの中に姿を現したのはこずえであった。

「まあ」

「正太郎ちゃん順調ね。ずい分大きくなったみたい」

こずえの声が弾んでいる。

「ねえ、さやさん。私、思い切ってここに来たのよ」

並んで体を流しながら、こずえは意外なことを言う。

「何のこと」

さやは、湯けむりを手で払ってこずえの顔をのぞき込んだ。

「ここ見て」

「あっ」

さやは、思わず叫んでいた。こずえの大理石を刻んだような白い二の腕に、うっすら赤い斑点がある。

「私たち不思議な縁を感じるの」

秘密を打ち明けるこずえの声は明るかった。

「さやさんと京都大学に行って、あの先生の話を聞いた時、さやさんと同じように感動したの。私も同志なの。力を合わせましょうね」

さやとこずえは思わず、手を握り合って喜んでいた。さやはあの時、こずえが自分のことのように喜んだ姿に合点がいった。正太郎の元気な泣き声が湯屋に響いた。

ある日、さやは正太郎を抱いて、こずえと共に万場老人を訪ねた。こずえを通して会いたいという知らせがあったのだ。

「正太郎君が元気で何よりじゃ。重要な話がある。正助は今、韓国におる」

「えっ、韓国ですって」

　突然の老人の言葉にさやは思わず叫んでいた。

「お前たちも承知のように朝鮮は韓国といって日本の一部じゃ。今から10年ほど前、併合により日本となったが、住民の反対は根強いものがあった。最近の世界情勢が重なり、朝鮮の隣の中国で反日の嵐が吹いている。その影響で韓国でも反日が強くなった。さらに非常にまずい一大事が生じた」

「まあ、さらにとは何でございますか」

　こずえが不安そうな表情。

「ロシアに革命が起きた。北の隣国ロシアが社会主義の国になろうとしている」

「社会主義って何ですか」

　正太郎の顔に頬を寄せるさやの声に緊張感があった。

「労働者が主人公の国が人類史上初めて出現したのだ。今までの国王や皇帝が地位を奪われた。皆平等になるというが理想通りに行くものではない。天地がひっくり返る大変化じゃ。日本もイギリスもフランスも、その影響が及ぶことを大変恐れておる」

「正助さんの身に影響があるのでしょうか」

さやの声は一段と不安を帯びてきた。

「世界はな、この革命をつぶそうと、シベリアに出兵しようとしている」

「戦いはヨーロッパなのでしょう。なぜシベリア出兵なのですか」

さやは、正助とシベリアが関係するかどうかが心配なのだ。

「それはな、チェコスロバキア軍救出のためだ。チェコスロバキアという国の軍はドイツを攻める上で貴重な味方。そして革命軍と戦っておる。それが、革命軍によってシベリアに追い詰められている。ドイツに勝ち、そして革命軍を倒すためにはチェコ軍を助けねばならない。日本は地理的に最も兵を出しやすい。そこで、日本はより多くの兵を出そうとしている。そこに正助が行くことになれば心配じゃ」

万場軍兵衛は、ここで初めてため息をついた。

「ところでな、人の縁というものは実に不思議じゃ。湯の川地区に韓国から来た李という男がおる。昔、ある事件に巻き込まれた時、わしが助けたことがあった。正助が韓国、京城にいることは、別のさる筋から知った。わしは気がかりでな、どうしたものかと悩んでいた時、この李のことを思い出した。正助が京城の部隊にいるが心配じゃと話したら、そういうことなら任せてくれ、恩返しがしたいと。ハンセン病の仲間と組織があるから、まさかの時には力になると言う。実はな、聞いてみるとそのハンセン病の統領は、わしとつながりがある者じゃ。そして、驚いたことに、しばらくして、李の弟が正助とひそかに連絡をとることができたと申しておる。今後の正助のことは、この筋から連絡があるはず。動静を見守るつもりじゃ」

　さやは、万場老人の話を手に汗してじっと聞き入っていた。

「ところで、正助は正太郎のことを知らんわけじゃな。悪いことを予想するわけではないが、今こそ知らせる時ではなかろうか。大いなる生きる力が生まれるはずじゃ」

「わたしも、そのことをずっと考えていました。でも、どうしたら知らせることができるでしょうか」

　さやは、身を乗り出し、瞳を輝かして言った。

「それは大丈夫。正助のことを知らせてくれる、軍の人脈がある。さやさん、まず手紙を書いてごらん」

　万場老人の表情が、手紙の先の光明を暗示するように緩んだ。

三、便り

　日本は、ロシア革命の影響を恐れた。日本の北隣に社会主義の国が出現したのだ。その思想は、天皇制を否定し、日本の国家秩序の根本を突き崩す恐れがある。その思想が強大な国家の形となって現れたのだ。

日本は、明治維新によって四民平等を実現し近代国家を創ったが、現実の社会は矛盾に満ち多くの国民は貧富の差に苦しんでいる。社会主義の思想は、資本主義の矛盾を指摘し、全ての人の平等な社会を目指すことをうたい文句にしている。人類の美しい理想が目前に姿を現したかに見えた。為政者は多くの国民が影響を受けて国内でも反政府の運動が起きることを恐れた。これは、イギリス、フランス、アメリカなどでも同様である。そのために、ロシアに広がる社会主義を抑えようとした。

日本には、さらに別の目的があった。それは、この機会に東シベリアに日本の支配を確立することであった。だから人道主義を掲げるアメリカは日本の野心に疑いを抱いた。そして、アメリカとの協調は日本にとって死活問題であった。

京城にいる正助にも、深刻な事態がひしひしと伝わり、シベリアに行くらしいということが次第に明らかになってきた。

そんなある日のこと、正助の下に1通の手紙が届けられた。それがさやからのものであることを知った時の驚きとときめきは大変なものであった。

「正助様、お元気ですか。お国のためにご苦労様でございます。今日は、とっても、とっても大切なことをお知らせするために筆をとりました。さやは、正さんがどのように受け止めてくれるか心配でございます」

〈何だろう〉。正助は紙面から目をそらし、高鳴る胸を抑えるように息を吸った。先を読むことに期待と不安が交差する。

「正さんが草津を離れる直前、私のおなかに小さな命が宿っていることを知りました」

「えっ、何だって」

　正助は思わず声を出して叫んでいた。

「2人の宿命のことがありますね。私は、耐えられないほど悩みました。正さんに相談したいとどんなに思ったことでしょう。でも、正さんはいない。私はじっと耐えました。神様から頂いた命を大切にしなければなりません。そして正さんとの絆です。どうしても産みたい。顔を見たい。聖ルカ病院の岡本先生に思い切って相談しました。赤ちゃんのことを話す決心はなかったのですが、この女医先生、私と同郷の出と聞いて親しみを覚えたので話すことができました」

〈さやちゃん、おなかのことは知らなかったけど俺も岡本先生に相談した。そのことを話したよね〉。正助は紙面に浮かぶさやの面影に語りかけた。

「先生は、遺伝病ではない。感染力は弱いと申しました。昔、草津では、患者と一般の人が混浴していたのは、その証拠で草津の人は経験から知っていたに違いないとも言いました。それを聞いた時、私はまだ信じられない思いでした。先生は、産め、産むなは言えないと言い、京都大学の偉い学者先生に会うように勧めてくださいました。小河原泉という方です。万場老人が費用を出してくれることになり、こずえさんが同行してくれることになりました」

〈うーむ。京大の先生は何と言ったのだ〉。正助はもどかしい思いで目を先に走らす。

「京都大学はすごい大学です。私もこずえさんも一歩踏み入れて、そう感じました。小河原先生は、きっぱりと申されたのです。遺伝はしない。感染力は極めて弱い。治らない病気ではない、と」

正助は、岡本トヨからハンセンという学者がらい菌を発見したことで遺伝病でないことが分かったと教えられたことを振り返っていた。

〈さやちゃんと、大切なことを共有することができた〉。正助はこう思うと、離れていてもさやと共に生きる力が体の底から湧き上がってくるのを感じた。

「小河原先生は、人の体は小さい細胞というものでできている。遺伝は、この細胞の中にあるものが伝える。らい菌はこの細胞とは別のものと、絵を描いて説明してくださいました。正さん、私に難しいことは分かりませんが、この先生のおっしゃることは、もう絶対に間違いないと思えるのよ」

〈その通りだ。さやちゃん。同感だよ〉。

正助は心につぶやいた。

「そして、小河原先生はきっぱりとおっしゃいました。感染率が非常に高いというのは迷信だ。近い将来、ハンセン病は撲滅される、ハンセン病の撲滅は人間の回復だ、と。正さん、私が最もお知らせしたいことはこの点です。そうですね、正さん」

「その通りだ、さやちゃん」

正助は叫んでいた。

「正さん、私は小河原先生に会った時、赤ちゃんを産む決心ができました。もう、反対の理由はありませんもの」

正助の目の前に瞳を輝かしたさやの姿がある。正助は目の前に浮かぶさやに、満面の笑みを投げかけた。

そして、さやの文章は続く。万場軍兵衛の縁者が住むふもとの里の枯れ木屋敷で家事と農業を手伝いながら産み月を迎えて、無事男の子を産んだとある。

「元気な男の子。どこにも異常はなく、正さん、目があなたにそっくりなのよ。名は万場老人が正太郎と名付けました」

紙面からさやの声が聞こえてくるようであった。

「さやちゃん、やったあ。万歳」

正助は両手を挙げて大きな声で叫んだ。興奮の中で改めて紙面に視線を落として、正助ははっと息をのんだ。もみじの絵かと思ったのは、赤ちゃんの手のひらではないか。

〈ふふ、正太郎の手よ〉。さやの明るい声が聞こえるようであった。

「さやちゃん、正太郎、待っていておくれ。必ず生きて帰るから」

正助は、さやとまだ見ぬわが子の姿をまぶたに描いて呼びかけた。

四、虐げられた人々の群れ

正助が派遣されたのは、韓国に近いウラジオストクであった。ウラジオストクとは東を治めるという意。シベリア鉄道の終点であり、日本海に面し、その名の通り、ロシアにとって軍事上重要な都市である。

広大なシベリアで鉄道はロシアにとって、兵を動かし物資を運ぶ動脈であり、生命線であった。また、日本にとっては、日本がシベリアに影響力を及ぼし、レーニンを指導者とするボルシェヴィキの勢力およびこれを支援する民衆の非正規軍たるパルチザンと戦うための要衝であった。

ボルシェヴィキとパルチザンの革命勢力はとにかく強かった。彼らには戦いの大義があったからだ。民衆を苦しめた帝政ロシアの圧政を倒し、民衆と労働者の国を打ち建てようというのだから民衆には命を捨てて戦う理由があった。

彼らにとって外国兵は革命を潰そうとする侵略軍に外ならない。外国兵の戦う理由は、表向きは革命に対抗するチェコ軍の救出である。だからチェコ軍の引き揚げ完了後は目的がなくなった。そこでアメリカなどは撤兵したが、日本はなかなか引かなかった。それは日本の野心をさらけ出す格好になり、日本軍は世界から批判され、シベリアの民衆の恨みを一手に受けることになった。

古来、民衆に支持された兵は強い。シベリアでは地の利も彼らに味方した。日本兵には戦う理由も分からなかったから、神出鬼没のパルチザンになすすべがなかった。彼らにすれば、日本軍に対し容赦する理由は一つもなかった。日本兵は各地で惨敗し、時には一団が皆殺しの目にあった。多くの日本人捕虜が皆殺しにされた「尼港事件《にこう》」の小型版のようなことが各地で起きていたのだ。

さて、その頃、群馬の草津では、一見平穏な日々が流れていた。ある日のこと、権太、正男、さや親子、こずえが万場老人を囲んでいた。老人から呼び出しが掛かるのは久しぶりのこと。

〈正さんの身に何か〉。とさやは心配であった。

「大陸では大変なことが起きている。戦場にならぬ日本は暢気《のんき》じゃが」

「正さんの身に何かありましたか」

「うむ。シベリアがいよいよ決着らしい。革命勢力の勝ちは決定的。そんな中で、日本はみじめな足掻《あが》きを続けている。正助はウラジオストクらしいぞ」

「まあ、正さんはどうなるの」

さやが叫んだ。さやの心配はその一点にあった。

「無事を祈りたい。ウラジオストクは、日本海に面し韓国に近い大きな都市で、シベリア鉄道の終点じゃ」

万場老人は広げた地図の一点をにらんでいる。

「みじめな足掻きとは何ですか」

正男の顔も不安そうである。

「日本兵がシベリアに留まる理由がなくなったのに撤兵しない。世界が非難し始めた。日本の領土的野心を疑っているのだ。わしは、アメリカとの関係を心配しておる。ウィルソン大統領は政治に人道主義を掲げ、日本の出兵は人道主義に反していると言っておる。アメリカとの関係が心配でならぬ。アメリカと仲が悪くなると日本はやっていけないのだ」

「そんなにアメリカに頼っているのですか」

権太が言った。

「そうだ。例えば、アメリカが石油を売ってくれなければ日本は干上がってしまう。これからますます工業が発展しますます石油が必要となる。わしの情報ではな、シベリアで非常に多くの日本兵が無駄な命を落としておる」

「まあ、正さんはどうなるのでしょう。何とかならないのですか」

「道義なき戦いで、日本兵はわしに言わせれば犬死にじゃ。こんな戦いで正助を死なせるわけにいくものか。韓国には、前に話したようにハンセン病の人たちがいて助け合っている。ウラジオストクにも、朝鮮人のハンセン病の人々が移り住む集落があるそうだ。そこが、何とか助けにならぬものかと今、調べさせておる。正太郎のためでもあるからな」

万場老人はすやすやと眠る正太郎に視線を落として言った。

「何とかしてください。お願いでございます」

さやはすがるような目で言った。

大正8（1919）年の8月、正助が属する小隊は、ウラジオストクの郊外の山地に追い詰められていた。衆寡《しゅうか》敵せず、日本兵は次々と倒された。砲弾の雨の中で、人々は倒れ、赤い血が川のように流れた。

「わあー、わあー」

敵兵の狂ったような雄たけびの中に銃弾が飛び交い、硝煙があたりを覆った。正助の目の前で手りゅう弾がさく裂した瞬間、正助の体は宙に舞った。大地に投げ出された正助の顔を土が埋めその上を軍靴が走り抜けて行く。

長い時が過ぎた。正助は霧の中をさまよっていた。前方に明るい光の輪が見えた。近づくと、子どもを抱いた女が招いている。

「さやちゃんだ。正太郎ではないか」

正助は叫んだ。泳ぐように近づこうとするが距離は縮まらない。正助は必死で頑張った。その時、上の方で人の声が聞こえた。

「おお、生き返ったぞ」

男たちがのぞき込んでいる。いろいろな物が下がる黒い低い天井が目に付いた。次第に取り戻す意識の中で、正助は戦いの場面を思い出していた。

〈生きている〉。そう実感すると同時に裸で横たわる自分に気づいた。手当てをしていたらしい女がにっと笑った。

「あっ」

のぞき込む女の顔を見て正助は思わず声を上げた。頬に盛り上がる黒い影は紛れもなくハンセン病の証拠。

「日本人ですか」

「いや、朝鮮人よ。ここは朝鮮人の集落。日本語、少し分かる。よく分かる人もいるよ」

この言葉に促されるように1人の男が身を乗り出した。

「土の中からお前の手が伸びて動いているので生きていると分かった。われらは死人《しびと》から着物をもらうのが目的だが、お前の顔を見て助ける気になった。大けがだが、助かるだろう。お前の腕を見て、われわれと同病と分かった。人は、ここをハンセンの谷とも死の谷とも呼ぶ。お前を助けたことが不思議だ」

男は上手な日本語で話した。

「これを食え、力がつく」

先ほどの女が湯気の昇る椀《わん》を差し出した。

「あ、いたた」

身を起こそうとして叫ぶ。

「まだ動くのは無理だろうが食え。普通の人間の食うものでねえが、こんないい薬はねえ」

別の男が言った。どろっとした何やら動物の黒い臓物のようだ。大変な空腹に堪えていた正助は椀に口を付けてすすった。

「うまい」

思わず叫ぶと回りからどっと笑い声が上がった。

「上着を」

正助は手を上げて探るように動かした。

「これか」

女は、軍服を引き寄せて正助の手に近づけた。正助はそれをしきりにまさぐっていたが、やがて、襟元のあたりから何かをつまみ出した。

「これを見て下さい」

人々の好奇の目が一点に集中した。油紙に包まれた一片の紙。一目見て男は叫んだ。

「あっ。やはりお前は」

驚く声。興奮した朝鮮語が飛び交っている。

「どこで、これを」

1人が鋭く聞いた。正助は、京城の出来事、日本のハンセン病患者の集落のことを話した。

「われわれの暗号だ。少し前に日本の兵隊で同病の者が来るということが伝わっていた。お前の裸を見て、もしやと思ったが、今、はっきり分かったぞ。ここに書いてあることは、何をおいても助けよということ、また、京城の頭《かしら》に連絡せよということだ」

「これを飲め」

女が何やら液体を正助の口に流し込んだ。

「俺たちの薬だ」

男の声が聞こえた。人々の声が小さくなっていく。正助は眠りに落ちていった。

どれほど時間がたったであろうか。正助は腰のあたりの痛みで目をさました。

〈助かったのだ〉。正助はもうろうとする意識の底で思った。まだ体が痛む、頭がしびれている。戸の隙間から光が差し込んでいる。目が慣れると周りの壁が見えた。

「あっ」

正助は思わず声を出した。動物の首が掛けられている。その中の一つで動物と見えたのは人の首にも見える。目をむき口を開け牙をむいている。〈本物か〉。目を凝らすと猿の首の剥製らしい。

その時、かたりと音がして戸が開いた。顔を出したのは昨夜の女であった。

「よく眠れたか。薬が効いたようだね」

女は無愛想に言ってから、にっと笑った。その時戸口に大きな姿が現れた。

「やあ、目をさましたな」

日本語がよく分かる男であった。

「実は、夕べ眠っているあなたをここに移したのだ。どちらの兵隊が調べに来ても大変なのだ。

あなたは、わしらの力で助けねばならない。ここは、秘密の場所で兵隊は知らん。しばらくここが病院だ」

「すみません。助かります」

「いや。不思議なことだ。あなたをこうしてお世話するのは」

「ところで、仲間はどうなったでしょうか」

ずっと正助が気にしていたことであった。

「残念ながら全滅らしい。あなたを助けたことが分かれば俺たちも危ない。そこで、ここに移したのだ」

正助は〈なるほど〉と思った。臓物の料理は不気味であったが命の綱に思えた。正助は壁にかかる不気味な動物の首に視線を投げながら椀をすすった。体力の回復が自分でも感じられた。

ある時、戸外に一歩踏み出して驚いた。後ろには頭上を覆うように高い山が迫り、目の前に濁った川が勢いよく流れている。流れに沿って何軒か粗末な小屋が音もなく立っているのが見えた。瞬間、正助は湯の川地区にどこか似ていると思った。〈この流れは死の川湯川なのだな〉。そう思った時、人の気配がして振り向くと日本語が分かる例の男が立っていた。

「ここは死の谷ですか。そしてこれは死の川ですか」

正助は目の前の流れを見ながら言った。

「昔から動物の死体も人間の死体も投げ込んだので、ここを人は死の谷と呼んだ。川にはえたいの知れぬ不思議なものがいてわれわれを守っていると信じられている。先日の戦いで死んだお前の仲間もこの川に投げた。そこの淵には待っている奴らがいて、時々姿を現すがわれらの仲間のようなもの。われわれの死体の処分は当局も黙認している」

正助は、息をのむ思いで不思議な話に聞き入っていた。

幾日か過ごすうちに、質問にぽつりぽつりと答える女の話から、正助にはこの集落の様子が次第に分かってきた。沿海州のウラジオストクの東端の一帯には、朝鮮族が住む地域があった。その中のある山奥に差別された人々が隠れて住む集落があり、それが正助が助けられた所であった。

ここは、朝鮮族でもハンセン病を患い疎外された人々がたどり着き、ほそぼそと命をつなぐ場所であった。人々は物乞いをしたり、動物の皮をなめしたり、川の魚を売ったりして生活をしていた。また、動物の死体、不運な死に方をした人間の屍《しかばね》を処分するのも彼らの仕事で、町や村の行政には必要な存在でもあった。シベリア出兵の戦乱の中で集落の人々の仕事はにわかに増えた。

集落を流れる川を人々は魔の川とも呼んだ。えたいの知れないものがすむ、死体を投げ込んでも上がらないと言われた。集落の前は大きな淵となっており、えぐれた奥は地底の穴によって大きな沼に通じていると信じられていた。

人々の集落は、病気の恐ろしさとこの集落を囲む自然の不気味さが重なって、一般の人々にとって近寄り難い存在であった。

正助の世話をする女は除《ジョ》といいまた、日本語を解する大きな男は朴《パク》と言って、集落を統率している頭であった。若い頃、韓国で日本人を妻として暮らしたことがあるという。黒くよどんだ淵に立って朴は言った。

「危ういところで、あなたもここに投げ込まれるところでした。今ごろ魔物の腹の中ですよ。は、は、は」

「何がいるのですか」

「分かりません。潜った男の話では、中に水のない岩場があり、多くの骨があったそうです。集落の年寄りはこの川の主と言っています」

正助は朴の話に耳を傾けながら、目の前の黒い水に引き込まれるような恐怖を感じた。その時、朴が言った。

「そうそう、京城と連絡が付きましたぞ」

「え、どうなりましたか」

「あなたのけがが回復次第、国境を越えて韓国へ連れて行きます。われわれ同病の組織があなたを受け取る手はずを進めている」

「そうですか。ところで、私の部隊は全滅したことになっているのでしょうか。私はどういう理由で韓国に生還するのですか」

　これは正助が深刻に気にしていたことであった。

「心配いりません。京城の頭は鬼と呼ばれる人ですが、なかなかの軍師です。あなたが、われわれによって土の中から救出されたことを既に日本軍に説明したそうです。日本軍は、われら組織を裏で頼りにしているところがあって、鬼の頭は軍と話せる関係を持っているのです。絶対の秘密ですがね」

　正助はこの時、京城で李というハンセン病の男から渡された紙片に、白鬼と記された文字があったことを思い出していた。うなずく正助の表情を確かめながら朴は続けた。

「日本軍に協力する地元の組織があなたを救い出して、韓国の病院に担ぎ込んだことにするから、脱走兵にもならず、本隊に復帰できるというのです」

　正助は胸をなで下ろした。そしてさやと正太郎のことを想像した。〈彼らに会える日が来るだろうか〉。そう思うと集落の人たちのことが神のように見えるのであった。

　集落を離れる日が近づいたと感じた時、正助は、忘れていたハンセン病のことを、この集落の人たちの姿に重ねて考えた。この人たちは、遺伝はしないということを知っているのか。人間扱いされないこの病の人々が、胸を張って生きられる社会は実現するのであろうか。正太郎の未来を思う時、この思いが募るのであった。

そして、正助は湯の川地区のことを考えた。死の谷と言われ、恐ろしい川が流れている点は似ているが大きな違いがある。湯の川地区はハンセン病患者によるハンセン病患者のための村だ。

〈万場老人がハンセン病の光と言ったっけ〉。正助は懐かしく遠い古里を思い浮かべた。ハンセン病の光があるからマーガレット・リーさんのような人が遠い外国から駆け付けてくれた。正助は今、このことを噛み締めていた。そして、目の前が開ける思いに駆られるのだった。そして、正助は心に誓った。

〈よし、生きて草津へ帰れたら、正太郎のためにハンセン病の光を広げる運動に取り組もう〉

五、魔境脱出

体の傷も回復したある日、正助は翌日に脱出を決行すると告げられた。

「大体の計画を話しておきます」

朴はそう言って語り出した。正助は一大冒険物語を聞くような思いで耳を傾けた。夜陰に乗じてこの川を下る、と言って木造の小船を指した。舳先《へさき》に奇妙な記号を描いた小旗が立っている。正助が首をかしげるのを見て朴は言う。

「我々の集落を表す印です。水に浮く死体の片づけはわれわれの仕事。この旗があると国境警備隊も普通は近づかない」

正助は驚き、そして、ハンセン病患者の集落の不思議な力に感心した。それを見て朴はさらに驚くべきことを話した。

「一番の難所は地底の流れです。そこはわれらしか通れない。悪魔の腸と呼んでいます。京城の頭が用心のためここを通れと言ってきているのです。ロシアでは日本人の捜査に全力を挙げているから、この旗があっても安心できないと言うのです。なあに、任せて下さい。金《キム》という悪魔の申し子のようなヤツが同行しますから」

正助は前途に容易ならぬものが待ち構えていることを知って身を固くした。

ある夜小船は出発した。手こぎ船は黒い水面を下流に向けて矢のように速い。時々、舳先の角灯が揺れて黒い岸壁や覆いかぶさる巨木の影を映す。流れのずっと先は広い川に合流し、海に通じているという。やがて船は激しく揺れ始めた。

「他の川との合流点です。昼間見れば死体の二つや三つはあるはすです」

朴は事もなげに言って角灯を掲げた。そこには不気味な闇が広がっている。その底に何がいるのかと想像して正助は背筋を寒くした。長い長い時が経過したように感じられた。船の揺れ方が違うので、はてと思った時、

「海です。ここからがしばらく危険です」

朴はそう言って、舳先の灯火を消した。はるか前方の水平線が紫色に染まり、その手前に影絵のような島の輪郭が浮かぶ。

その時朴が叫んだ。

「警備艇だ。あなたはその筵《むしろ》の下に」

ロシアの沿岸警備艇は高速で近づき、舳先の旗を見、船をのぞき込み、何やら叫んで去って行った。

「死体は一つか。後で報告しろと言った。全く形式のことだ」

朴は、こう言って、もう大丈夫と筵の下の正助に合図した。

小船は島影を目指して進む。間もなく樹木が覆うひときわ大きな島の姿が近づいた。

「あの向こう側が悪魔の腸です」

朴の声が緊張している。突き出た大きな岩の山を巡ると黒い闇の所からごうごうと響く音が聞こえた。黒い穴が口を開け、海流はすごい勢いで流れ込んでいた。

「えー、ここに入るのですか」

　正助は思わず叫んだ。

「体をつないで」

　朴の声で総勢4人の人々は、船底に固定された綱を取りそれを体に巻いた。そしてたいまつに火をつけた。炎に浮き出る徐の目が正助に〈大丈夫よ〉と語っている。

　船は吸い込まれるように突き進んだ。流れが回りの壁に反響してごうごうと音をたてる。正助は体に巻いた綱を必死で握りしめた。

　たいまつの炎の中をいろいろな形の岩肌が過ぎる。それは巨大な蛇のくねる姿であったり目をむく悪魔の顔にも見えた。

　長いこと時間がたったように感じた。水の流れ方と岸壁に響く音が変化したと思われた時、金が必死でさおを岸壁に付き立てて船を止めた。逆巻く渦が岸壁に当たって波頭が光っている。

　徐がうなずいてたいまつを高く掲げた。そこで流れは3方向に分かれている。それぞれの流れはごう音を立てて漆黒の闇に消えている。正助は流れの先の地獄を想像しておびえた。間違えたら大変なことになることは明らかだった。

　朴に促されて徐はたいまつをさらに高くした。朴が岩肌の一角をさおで突いている。青黒いコケの下から妙な図柄が現れた。目を凝らすと、何と舳先の旗の絵であった。朴はじっとにらんでいたが、やがて一方を指した。

船は違う流れに乗って暗黒の世界を矢のように進んだ。正助には随分長い距離が過ぎたように思えた。船を操っていた金が何か叫んでいる。

「出口が近いと言っているの」

徐が大きな声で言った。

「前が少し白いようだ」

朴の声も弾んでいる。やがて前の白い影が強い光に変わった。

「わあー」

一斉に声が上がった。

吐き出されるように船が出た所は穏やかな入り江の奥であった。振り返ると今進んできた洞窟が何事もなかったように黒い口を開いている。

「ここに、韓国の仲間が現れることになっている。あなたを渡して、われわれは表の海を通って帰ります。国境は越えたのであなたは心配ない。私たちも何とかなります」

正助は命を助けられたことに万感の思いで礼を言った。固く手を握り肩を抱き合って命の喜びをかみしめた。

「船が来たようです」

金が前方を指して言った。

六、赤いチョゴリの女

正助の身は、韓国のハンセン病患者の組織に受け継がれた。人々の交わす言葉は少ない。全ては心得ているといった様子で事は運んだ。韓国の船が動きだした。

しばらく沈黙が続いた。日本に帰れる実感に正助の胸は躍った。朝日を受けて光る海が日本に通じていると思うと、さやとまだ見ぬ正太郎の姿が想像され、正助は助かった喜びにひたった。

漁船を装った小船は韓国を目指して南下した。しばらくした時、黙々と背を丸くして作業をしていた男が振り向いて言った。

「お久しぶりです」

「あっ、あなたはあの時の」

正助は思わず叫んでいた。そのかさぶたの顔は紛れもなく兵舎の前で正助に紙片を渡した李であった。

「あの紙で助けられました。本当にありがとうございました」

「何の、頭の力でございます。韓国は間近です。上陸したら2日程かけて京城に向かいます。安心してくだせえ。韓国は日本ですから。ただね、警察とか何かにひっかかるとややこしくなるから、頭のところまでは、われわれでそっとお連れ致せと言われています。任せてくだせえ」

「何分、よろしくお願いします。あなたたちの力は十分に分かっていますから安心です」

正助がこう言うと李はうれしそうにうなずいた。正助は、ウラジオストクのハンセン病の谷のこと、そして先ほどの地底の洞窟のことを思い出していた。あの海流が渦巻く分岐点を想像すると身がすくんだ。あの岸壁の目印こそ、闇の組織の力を示すものだと思えた。

「危ない所を通れてよかったですね」

李が笑顔を向けた。

「生きた心地がしませんでした」

「金と朴なので安心していました。実は以前大変なことがありました」

「あの洞窟の中でですか」

「そうです。日本軍に頼まれて3人の兵士を脱出させようとしたのですが、入ったまま出て来なかった。分かれる所を間違えたのでしょう」

正助は李の話を聞いて、改めて身震いする思いであった。漁船は韓国の沿岸のわびしい漁村に着いた。待っていたのは馬が引く荷車である。正助が長い道のりを歩くのは無理と考えたハンセン病の人々の配慮だった。幾つもの村や町を過ぎた。緊張して、正助が身を隠す場面もあった。長い距離を経過した時、李が言った。

「あの山を越えた所がわれわれの集落です」

李の指す方向に木が茂る小高い山があり細い道はその中に伸びている。暗い森を越えた時、正助は思わず声をあげた。

「わあっ。あれが京城ですか」

はるか前方に街並みが光って見え、その手前に村落が広がる。そして、急斜面の眼下には、一筋の川の流れが白く光っている。正助は懐かしい古里の風景に似ていると思った。

「あの奥が我々の集落です」

李は川の上流を指した。二つの尾根が合わさる谷合からゆっくり煙が立ち上っている。近づくと朽ちたようなわら屋根の小屋が点在し、動物のなめした皮を張った板が並んでいた。犬が激しくほえている。正助はウラジオストクの死の谷を思い浮かべ、ハンセン病の集落の共通な雰囲気を感じていた。犬の声の方向に、朽ちかけた土塀を巡らせた大きなわら屋根の家があった。正助が驚いた顔を向けると、それに李が応える。

「お頭の家です。朝鮮半島の虐げられた人々を束ねておられる」

門をくぐると、赤いチョゴリをまとった細身の若い女が待ち受けていて正助に会釈した。

「頭の娘さんです」

李がささやいた。正助は女の顔を見て、ふと誰かに似ていると思ったが深く意に留めることをしなかった。

頭と呼ばれる男の鋭い眼光と口元には威厳があった。正助が予想していたハンセン病の風貌ではない。

「ご苦労であった。海底洞窟は肝を冷やしたであろう。出られたのは神の御加護か。は、は、は」

頭は豪快に笑った。

「朴さんたちには大変助けられました。私は土の中に埋まっていたのです」

「聞いておる。手だけ出ていたそうな」

流ちょうな日本語に正助が驚いているのを察して、頭は意外なことを語り出した。頭は鄭東順《チョンドンスン》と名乗った。娘の名は明霞《ミンシャ》。鄭は目で娘を指しながら言った。

「あれの母親お藤は日本人だった。いろいろな経緯があってわしの妻となった。実はあの海底洞窟で行方不明になった」

「え」

正助は思わず声を上げた。

頭は語る。

「人のつながりは不思議という他はない。李という者が草津の万場軍兵衛に助けられたことを知って、わしは大いに驚いた。軍兵衛は、わしと浅からぬ縁がある者だ」

意外な言葉を正助は信じられない思いで聞いた。

「妻の縁者の日本兵の救出が目的で、海底洞窟へ出かけることになった。止めたが、妻はどうしても行きたいと言い張った。その日本兵との関係を知ったとき、妻を止めることはできなかった。あの事件があって、あの分かれ道に印を付けさせた。それ以来、迷路に吸い込まれることはなくなった」

正助は闇の岸壁に刻まれた奇妙な印の由来を知って不思議な気持ちに駆られた。あの印のおかげで自分は今ここにいる。父親の話に娘は傍らで静かに耳を傾けている。そのただならぬ姿に正助は打たれるものを感じた。

「わしが日本に味方する理由は亡き妻の関わりだけではない。日本は開国とともに早くも四民平等を掲げ、人間尊重の姿勢を示した。アジアで初めて憲法をつくり、教育と科学に力を入れている。ハンセン病も日本のこういう力で解決される日が来るに違いない。われわれ差別された人間が人並みの人間として生きられる力が日本から生まれると信じている。お前の古里には学ぶことが多いようだ」

正助は鄭東順の鋭い眼光の奥に並々ならぬ知性を感じ、あの洞窟に消えた日本人妻とはどういう人だったのかと想像し、またそれらの人々を湯の川地区の万場軍兵衛の姿に重ねて思いをはせた。

正助は湯の川地区のことおよび、ハンセン病の光と言われるハンセン病の人たちの自治の仕組みのことを説明し、日本に帰れたら、仲間が平等に生きられる社会のために尽くしたいと語った。鄭は大きく頷いた。傍らの明霞は、いつか母の国に行きたいとつぶやいた。

七、群馬県議会

ある時、県会議員の森山抱月が万場老人につぶやいたことがある。2人は旧知の間柄であった。

「同志木檜泰山に注目すべきです。反骨の闘将で正義感にあふれている。彼はハンセン病という社会の不正義を許さない。民政党の同志だが、この男の目を湯の川に向けさせ一緒に仕事をしたい」

木檜泰山は吾妻出身の県会議員であるが、その後衆議院に入り、湯の川地区のことを国会の場で天下に訴えた人物である。後に森山の狙い通り万場老人や正助が木檜泰山に近づき、不屈の硬骨漢を動かすことになる。

この人物は吾川将軍と言われて地域の人に愛された。それは、書や漢詩をよくし吾川と号したことによるが、私心のない反骨で権力に屈することなく郷土を愛したことへの信頼と尊敬を物語るものだった。民衆は権力になびくが、同時に、反権力には拍手を送りたい本性を持っている。

木檜は大正８年の県議会で大山惣太知事と激しく対決した。これには２人の政治信条や属する政党の違いなどの理由があった。

同年、中央政界の中心は政友会の原敬内閣であった。この時代、第１次世界大戦による自由と民主主義の世界的高揚の中で日本でも民主主義の機運が高まっていた。

第１次世界大戦の中でロシア革命が発生するのは大正６（１９１７）年、この波及を抑えるために寺内内閣がシベリア出兵を決定するのは翌年であった。

政府は社会主義思想の広まりを恐れ、それを抑えようとしたが、労働者を主体とする政権が生まれたことは、日本の民衆運動に影響を及ぼさずにおかなかった。

このような状況の中で米騒動は起きた。大戦が長引く中で軍用米の需要が増え米価は急上昇したが、米商人は米の買い占めを行ったため米価はさらに急上昇し台所を直撃した。

そこで富山県の漁村の主婦たちは追い詰められてついに立ち上がった。米の県外搬出を拒否し、その安売りを要求する行動を起こしたのだ。新聞は「越中女一揆」と報じたため米騒動は全国に広がり、政府は軍隊まで出して鎮圧にあたった。米騒動はおさまったが、寺内内閣は世論の激しい非難をあびて退陣した。もはや従来のような官僚内閣では世論の支持は得られない。

そこで誕生したのが初めての政党内閣たる原内閣であった。衆議院に議席をもつ政友会総裁原敬は爵位を持たず平民宰相と呼ばれて国民から歓迎された。彼は、陸相、海相、外相を除く全閣僚を政友会員から選んだ。原は、せっかく生まれたこの流れを守るために党勢の拡張に努めた。従って、地方の知事にも政友会員を充てようとしたのは当然だった。かくして群馬県の政友会系知事大山惣太が登場する。

この人物は歴代群馬県知事の中で最も政党色を露骨に出した人として知られる。非政友会系の県会議員に露骨な嫌がらせをしたり、党勢拡張のため党利党略の政策を打ち出した。このような大山知事の政治姿勢に敢然と闘志を燃え立たせた県会議員が民政党の木檜泰山であった。大正8年の県議会は怒号が飛び交う騒然たるものとなった。

議長本島悟市が開会を宣すると、会場がざわつき始めた。木檜泰山がいきなり予告なしに手を挙げて発言を求めたからだ。何かが起こる。議員たちの目はそう語っていた。議場に緊張が走った。

「過日の予算説明について知事に質問したい」

木檜の声は感情を抑えたように落ち着いていて静かであった。議員たちには、それが何かの予兆であるかのように不気味に思えた。

「当局者の説明を聞いてからだ」

「日程にないぞ」

と、政友会議員たちの声が飛んだ。木檜の毅然《きぜん》とした姿は、周りの雑音をはね返して意に介さない。

「大山知事は群馬県知事として本県に赴任されたか、それとも群馬県の政友会知事として来たか、県民はそれを知りたがっている」

「そうだ」

傍聴席から声が上がった。議長がきっとして視線を投げた。本島議長は政友会所属であった。木檜がいきなりとんでもないことを言い出した。議員たちはこう思って、次に何がこの男の口から飛び出すかと固唾《かたず》をのんで待った。

「群馬県知事でない実例が多くある」

木檜泰山は、言葉を切って知事を見据えた。会場は水を打ったように静かになった。

「例を挙げる。県会議員選挙に臨んでは極端に官憲の力を乱用して政友会関係者の当選に努めた。実例を挙げれば、県の土木課長が吾妻郡に電話して、人を集めさせ、道路のことは知事様のお考え一つでどうにでもなるから村民に政友会を応援させてほしいと働きかけた。また、長野原役場にも同様の働きかけを行った」

「議長、中止させるべきだ」

木檜は意に介すことなく続ける。

「政友会の選挙のために道路予算を立てたと言われても仕方あるまい。現在民間では政友会なら道をつけてもらえる。政友会に願わなければ何もできないと言われている。政友会に頼らねば何事もできないという空気が充満しておる。こんなことでまともな県政が行えるのか」

「問題外、問題外、中止、中止、議長、なぜ中止を命じないのか」

「中止を命じます」

本島議長の言葉は騒然とした怒号の中でかすれている。

「私の質問演説だ。問題外ではない」

木檜は政友会議員をにらんで言い放った。

「このような党利党略の県政で県民の生命と幸せを守れるのか。今、内外ともに多難、まさに国難の時ではないか。このような時、真に県民のための予算を編成して、県民の信を得て、力を合わせることこそ肝要ではないか」

「そうだ」

　傍聴席から声が飛んだ。

　木檜泰山の万丈気炎の演説は日頃差別扱いされている民政党議員の留飲を下げるものであったから、彼らの間から大きな拍手が湧いた。さらに注目すべき議場の光景が傍聴席に見られた。この日、傍聴席が燃えていたのは、木檜泰山の発言内容が衝撃的であったからであるが、実はそれだけでなく、木檜の地元の支持者が大挙参加していたからであった。

　そして、これらの人々の一角にあって、木檜の熱演をじっと見守る数人の若者がいた。一団はそのつつましい傍聴ぶりで明らかに他と異なっていたが、特にその中の美女に人々の目が引きつけられていた。実は、この人たちは湯の川地区の人たちで、美しい女性はこずえにほかならなかった。彼らは万場軍兵衛によい勉強だからと勧められて参加したが、病をもつ身で何かとがめられはしないかと不安の念を抱いていた。

　万場老人は森山議員が承知しているから心配ないと言ったが、世間をはばかって生きる者として、県議会という大変な場所にいることは針の筵《むしろ》に座るような心地であった。

「朝鮮でも、シベリアでも、日本が大変厳しい状況にあるとき、国内が政治の信を取り戻さねばならないのだ」

　と木檜が発言した時、こずえは隣のさやにそっとささやいた。

「正さんはどうしているかしら」

さやは黙って頷き、こずえの手を握った。この時、さやの心はまだ見ぬ戦地で戦う正助の姿を必死で追っていたのだった。

木檜泰山は、最後に重要な地元問題があると言って、ハンセン病の問題を取り上げた。ハンセン病、湯の川地区という言葉を聞いたさやとこずえは身を固くして固唾をのんだ。

「私の地元、草津の湯の川には、ハンセン病の人たちが住んでいる。差別された人たちを救うのは、国と県の使命ではないか。県は何をしているか。ハンセン病の人たちを救うのは社会の正義である。政党色をむき出しにして、不公平な施策を行っている大山知事に、人間を救う正義を実現できるのか問いたい」

木檜のこの発言に大きな拍手が湧いた。さやとこずえは、顔を見合わせてうなずき合った。2人の女は、怖いと思っていた県議会に意外な味方を発見した思いで大きな勇気を得たのであった。

木檜は、ハンセン病に関する中央の動きを示し、群馬は意識が低い、こんなことで国家社会に真に貢献できるのかと訴えた。

さやとこずえは、県議の木檜の様子を万場老人に報告した。老人は身を乗り出して、2人が互いに語ることを一語も聞き逃さじと耳を傾けていた。

聞き終わると静かに言った。

「森山さんの言ったことは本当だった。今の話でそれが分かったぞ。木檜という人は、ハンセン病という社会の不正義を許さないと、森山さんが言った意味が分かったのじゃ。お前たち、本当にご苦労であった」

さやとこずえは褒められていかにもうれしそうであった。

「いずれ、森山さんに頼んで、木檜先生に会わねばならぬ。地元であるから何よりも重要な人物なのじゃ」

万場老人は自分に言い聞かせるように言った。その後、木檜泰山の身に大きな変化が起きた。大正9年、この人は国政に打って出て、帝国議会の衆議院に入ることになるのである。

八、再会

段取りが進んでいたらしく、正助の身は日本軍の部隊に移され、一応の取り調べを受け、軍の病院に入ることになった。病院で検査を受けたところによると、正助の傷はかなり深刻であった。弾丸が貫通した太ももの機能は回復しておらず、従軍して重労働に従事するのは無理と判断された。

また、正助が長いこと抱えているハンセン病について、これまで、厳密に軍の手で検査を受けることはなかったが、この入院で正式に調べられた。その結果、病状の進行はないがハンセン病の患者を軍に置くことはできないということになった。これらの事情で、正助はひとまず軍を除隊し本国に帰ることになったのである。

意外な展開に正助は驚いた。不名誉と思う一方で、古里の山河が浮かぶ。さやとわが子、正太郎に会える。先日までのことを思うと激しい変化に戸惑うばかりであった。

正助はさやに手紙を書いた。「正太郎は元気に成長していますか」。そう語りかける紙面に元気な男の子の顔が浮かぶ。「けがをして帰ることになったが命に別条はないから大丈夫です」と書き、ウラジオストクのハンセン病の集落の人に助けられたこと、脱出の時の海底洞窟の不思議な冒険、京城のハンセン病の集落のことなどに触れ、「詳しくは帰ってから話すから楽しみに待っていておくれ、万場先生や権太たちにもよろしく伝えてください」と結んだ。さやの喜ぶ顔が見えるようだ。正助の心は早くも古里に飛んでいた。

正助が、他の送還される兵士とともに福岡の港に着いたのは、ある秋の日のことであった。踏み締める大地も町の家並みも正助を温かく迎えているようであった。

万場老人の家の戸を激しくたたく者があった。老人が何事かと戸を開くと息を切らしたさやが叫んだ。

「正さんが帰るの」

「え、本当か」

万場老人も叫んだ。

「これを見てください。正さんの手紙です」

老人は受け取ると食い入るように読んでいる。

「うーむ、正助は大変な経験をしたらしい。海底の洞窟の事が書かれているな。恐ろしいことだ。正助があそこを通ったとは不思議な因縁じゃ」

万場老人はそう言って、目を閉じしばらく考え込んでいる様子であった。恐ろしい暗黒の場面を想像しているのであろうとさやは思った。それにしても、万場老人は、その洞窟をなぜ知っているのだろうと不思議に思った。

「正助は、ハンセン病の人たちのために尽くしたいと申しておる。別の世界を知って、心の世界を大きく成長させたのだ。再会が楽しみじゃな。正助を迎える準備をしようではないか」

「はい、ありがとうございます」

さやの瞳は輝き頬は紅潮していた。

正助は列車を乗り継ぎ、上野駅に着いた。古里の玄関口に近づいた思いで正助は興奮していた。およそ4年ぶりに会う人々はどう変化しているか、そして何よりも自分の分身たる正太郎とはどんな男の子であろうか。高崎へ近づくにつれ、正助の胸は高鳴る。

福岡を出る時、担当官が、高崎までの到着時刻を調べて、草津の役場に連絡すると言った。確実に時間を計画できるのは高崎駅であった。だから、もしかしたら高崎駅にさやたちは出迎えているかも知れないと正助は思った。

それは、確実性のない、いちるの望みかも知れなかった。しかし、列車の進行とともに正助が描く高崎駅頭のさやたちの姿は朧《おぼろ》なものに輪郭が与えられ、周りの状況も加わって次第に動かぬものになっていった。左手に妙義の山影が現れ、やがて右手前方に赤城山が見えた。正助はいたたまれず立ち上がって通路を進んだ。高崎まではまだ距離があるらしいと知り、正助は逸《はや》る心を抑えて席に戻り目を瞑《つむ》った。

目に浮かぶのは、シベリアのハンセン病の集落であり、あの海底洞窟であった。ここに居るのが夢のように思えた。振り返れば、あの暗黒の洞窟は、正助を幻の世界からこの世に導いた通路であった。不思議な体験で正助は体のどこかに何か未知な力が生まれたように感じた。

〈あの海底洞窟が新しい俺を生み出したのか〉

そうつぶやいた時、「高崎─、高崎─」と車内に声が響いた。正助は列車を出て、ゆっくりと歩いていた。運命の時を迎えるという厳粛な気持ちが正助の足に静かな力を与えていた。改札口が目の前にあった。

「正さーん」

　手を振るさやの姿があった。小さな男の子の手を引いている。

「正助、ただ今帰りました」

　正助は直立の姿勢で挙手の礼をとり言った。涙が頬を伝って落ちた。さやも泣いている。

「これが正太郎か」

「正太郎、ほらお父さんなのよ」

　正太郎はきょとんとして見上げている。正助は息子を抱き上げた。ずしりとした重みが不思議な運命の絆を伝えていた。さやの目から涙が止めどなく流れていた。

「こずえさんと権太さんが来ているの」

　涙を拭きながらさやがささやいた。

「え、こずえさんが、権太も」

　思わず声を上げたとき、物陰からこずえと権太が現れた。

「お帰りなさい。ご苦労さまでした。ご隠居様が代わりに行けと申しました」

「先生は、正さんがけがをしていて大変かも知れないと思っているの。こずえさんは看護婦さんのつもりなの。権太さんは、あなたの荷物を」

「正助よかったな。生きて会えるとは思わなかったぞ。荷物は俺に任せろ」

正助と権太は固く抱き合った。

湯の川地区では、正助の主人である山田屋の主《あるじ》の計らいで、1軒の家が用意されていた。ある患者が住んでいたもので、その人が亡くなって空き家になっていた。マーガレット・リー女史の住居の近くであった。

「正さん」

「さや」

新居で2人は固く抱き合った。正助はさやの胸の鼓動を受け止めて生きていることを実感した。

「本当に正さんなのね」

さやは正助の胸で泣いた。

正助が語るシベリアの話は尽きなかった。小隊が全滅したことや、死体が集落の川の淵に投げ込まれることを語った。そして、海底洞窟の話になると、さやは目を丸くし、怖いと言って正助にしがみついた。

「気を失っていた時、さやちゃんと正太郎が現れた。光の中で、お前が招いているのだ。俺は必死で近づこうとした。あの生きる意欲が俺を救った。さやちゃん、お前と正太郎が俺を救った。ありがとう。家族というのはいいものだね」

こう話しながら、すやすやと眠る正太郎に視線を移すと、さやは大きく頷くのであった。

ある日のこと、正助たちは万場老人を囲んでいた。

「今日は正助の生還祝いじゃ。下の里から少し食い物も運ばせた。一杯やりながら正助の話を聞こうではないか。正助の手紙から知ったが生還は奇跡じゃ。正助、足はあるか。は、は、は」

老人は愉快そうに笑った。

「海底洞窟のことが書いてあった。恐ろしかったであろうな」

「この世のものとは思えませんでした。今思ってもぞっとします」

正助は、頭と呼ばれた鄭東順という人物のこと、その妻が日本人で、その人はあの洞窟にのまれたことを話した。

「実はな、鄭東順は、わしの知り合いであった」

万場老人がぽつりと言った。正助は、その時、鄭東順が万場軍兵衛と浅からぬ縁があると言っていたことを思い出した。

「いずれ詳しく話すつもりだ」

万場老人はそう言って話題を変えた。

「わしたちは、正助の貴重な体験を生かして、ハンセン病の光を広げる努力を積み重ねることが重要じゃ。今日は、ひとまず楽しく飲もうぞ」

老人は正太郎の頭をなでながら言った。にぎやかな笑い声が狭い部屋に響いた。

九、死を選ぶ母

さやは、京都帝国大学の小河原泉を訪ね、ハンセン病は遺伝病ではない、ハンセン病の菌の感染力は非常に弱いと説明され、安心して正太郎を産んだ。しかし、世間はハンセン病を伝染病として恐れた。迷信と偏見がこの風潮を増幅させた。その例は社会の至る所に見られたが、湯の川地区には、全国から患者が集まるだけにさまざまな事件が起きた。中には、幼い命に関わる重大事もあった。

正助が帰国した後、さやは麓の枯れ木屋敷からふたたび湯の川地区に移り、以前のように大津屋で働くようになった。ある時、さやは正助に妙なことを言い出した。

「うちのお客がおかしいのよ。赤ちゃんの命が危ないわ」

さやが語るところによれば、少し前に1歳ほどの赤ちゃんを連れた若い女が泊まるようになった。さやが隣の部屋で仕事をしていると、女のすすり泣く声が聞こえる。耳をそばだてる

と
「みっちゃん、お母さんと天国に行くのよ。お母さんを許しておくれ」

　と、子どもに語りかけているのが聞こえた。

「何かお困りのようですね」

　さやがそれとなく声をかけると、女は重い口を開きぽつりぽつりと話し始めた。

　女は前橋の生まれで市川とめと言った。ある男と結婚したが、ハンセン病を発病したことで離縁されて実家に帰った。両親は年老いていて狼狽《うろた》えるばかり。そして、兄は妻の手前もあって冷淡であった。この分だと一族に累《るい》が及ぶから家を出てくれと言ってわずかのお金を与えたという。

　生きる道を必死で探して湯の川地区にたどり着いたが、お金も尽きたし、子どもの将来を考えると、育てる勇気も湧かない。この子が女として私のような人生をたどる運命なら、死んだ方が幸せになれる。この子を殺して死ぬつもりですと、語るとめの顔は目もうつろで死に神にとりつかれたようだ。

　さやは、すやすやと眠る赤ちゃんの顔を見た。さやは、この子が泣きだしたら、それが引き金となって、とめはこの細い首を絞めるに違いないと思った。

「正さん、何とかできないかしら。赤ちゃんのことで悩む姿は前の私と似ていると思うの」

「そうだね。俺はシベリアの経験で人の命の大切さを知った。俺はハンセン病の人たちに助けられた。そのためにもハンセン病の人を救いたい。さやちゃん、急いだ方がいいね。取り返しがつかないことになるよ」

2人はその夜、とめに会った。

「女房から事情は聴きました。これも同じ病を抱え、悩んだ末に産みました。よかったと思っています。この湯の川地区にはハンセン病の患者を助けるために命を懸けている外国人がいます。俺は最近、シベリアでハンセン病の人たちに命を助けられました」

正助の話がとめに通じているのかどうか分からなかった。青ざめた表情、時々見せる視線、それは病的で絶望を表していた。正助は、シベリアで追い詰められ爆弾で吹き飛ばされ、気を失い土に埋められた時、光の輪の中に妻と子が現れ励まされたことを話した。とめの表情に変化が見えたのはこの時であった。

「子どもを殺すことは、悪いことですか」

とめは正助をじっと見詰めて、低い声でぽつりと言った。

「悪いことです。自分が産んだ子でも、別の命です。その子の人生があるのです。俺は学問はないが、シベリアで人の生き死にのことをずいぶん考えました。毎日が殺し合いだった。藁《わら》くずのように人が死ぬ中で、かえって、命の大切さを知ったのです」

その時、子どもが目を覚まし、何かに怯えたように泣きだした。

「おう、よしよし、みっちゃん、悪いお母さんを許しておくれ。お母さんはお前をこの手で殺そうとしていました。おお、何と恐ろしいことでしょう」

とめは、子どもを抱き上げて頬ずりをした。さやがほっとした表情を示して言った。

「あなた、力を合わせて生きましょうよ。実は私も、この湯川に身を投げて死のうとしたことがあるの。でも生き抜いて幸せをつかみました。子どもを殺すのでなく、子どもを生かすために命を懸けるのよ。そこに生きる喜びが生まれるのよ」

とめは、子どもを抱いて、さやの話をじっと聞いていた。その顔には、先ほどまでの死の淵をさまよう狂女の影はうかがえなかった。

正助とさやは顔を見合わせてにっこりした。

「お友達になりましょう」

そう言って差し出すさやの手をとめはしっかりと握り返した。とめの顔に笑顔がよみがえっていた。

「お友達になってくれるのですか」

「お願いしますね」

さやは大きくうなずいて言った。

正助は助けてくれたシベリア、そして韓国の人たちの姿を思い出しながら、一つの恩返しができたという感慨にひたるのであった。

第三章

議場の動き

一、森山抱月の活躍

大正11年の夏のある日、万場軍兵衛から声がかかった。いつもの顔ぶれが集まると万場老人はおもむろに口を開いた。

「このあばら家に大変なことが起こる」

老人の目は笑っているが、鋭い光があった。何事であるか若者たちには気になった。

「一体何ですか」

正助が興味深そうに尋ねる。

「驚くな、実は、近く偉い県会議員が訪ねて来ることになった」

「えー、こんな所にですか」

権太と正男が同時に声を上げた。

「森山抱月先生といって、わしとは旧知の間柄。お忍びで、この湯の川のことを知りたいという。今、県議会でもハンセン病のことが取り上げられるようになった。この人は、キリスト教徒でな、議会でも指導的立場にある。マーガレット女史とはクリスチャンということで知り合いの間柄で、この集落に入るにつき、感染の危険があるか聞いたそうだ。マーガレット女史は、私を見てください、心配はありません、私を信じてください、と言ったので森山さんは安心して来られるという。もっとも、この人は危険があると知っても恐れぬ人じゃがな。目的は、県の政策としてハンセン病を取り上げるために、住民の生の声を聞くのだと言っている。わしに相談があったので、お前たちと勉強会のようなことをやっていると言ったら、それは好都合、ぜひその人たちに会いたいということになった。近くその日が決まる。その時、思うことを何でも発言し、また質問してほしい。この湯の川地区の将来に関わることじゃからな」

「どえらいことになった」

正男がこういうと、皆が同感とばかりにうなずいた。

「お前たちは、以前に県議会へ傍聴に行ったから、県議会とはどういうところか大体の感じは分かっておろう。あの時、森山さんにはお前たちの傍聴について、了解を得ていたが、森山さんがお前たちに会うことはなかったわけじゃ」

万場老人はこずえを見ながら笑った。

「あの時は、木檜先生のすごさに驚くばかりでしたわ」

こずえがさやを見て言った。

「そうね。私は、あそこに居ることがしかられはしないかと怖かったの。戦地にいる正さんのことを思ってじっと耐えていたわ」

さやが応えた。２人は顔を見合わせて当時を振り返った。

「そうそう、正太郎君も連れて来てほしい」

「え、正太には何も分かりませんよ、先生」

さやが驚いて言う。

「大切な役割があるのじゃ。心配はいらん」

老人はすかさず言った。

その日が決まった時、老人は急いで皆を再び集め、森山抱月という県会議員について改めて語った。佐波郡出身で商家を継ぎ、蚕種の製造も行っている。上毛民報という新聞を発刊し、廃娼で正義の論陣を張った。このような経歴を説明してから、万場老人は言った。

「廃娼運動と教育に貢献した人物で、激しい気性の正義漢じゃ。孤児、盲唖《もうあ》者にも理解がある。この男がこの集落に関心を示すのは当然じゃ」

「廃娼運動とは何ですか、先生」

正助が尋ねた。

「うむ、お前たちは知らないであろうな。廃娼とは、娼婦の制度を廃止することじゃ。娼婦とは、まあ、女郎のこと。貧しさ故に体を売る女が全国に多数いて、奴隷のようだという非難が集まっていた。そういう女は群馬にも多くいた。明治の県議会はこれを廃止しようと決議した。その中心となった県会議員が湯沢仁悟であった」

「ああ、新島襄の弟子のキリスト教徒ですね」

正助が口を挟んだ。

「その通り、そして、議会の決議を実行に移した人物が初代群馬県令の楫取素彦《かとりもとひこ》なのだ。群馬は廃娼で金字塔を打ち建てた。今、そのことが忘れられようとしている。金字塔の意味が分かるか。それは虐げられた女に光を当て救ったことじゃ。群馬の偉業は1回限りで終わったのか。同様な深刻な課題があるのに関心を示さないのでは、あの金字塔は本物かと疑われても仕方あるまい。その同様に深刻な課題がハンセン病問題なのじゃ。群馬にも人物はいるぞ。森山さんもその1人。われわれは政策が動くのを待っているだけではいかん。積極的な努力が必要じゃ。森山さんに協力するのもその一つと考えねばならぬぞ。楫取素彦は、かの吉田松陰の妹を妻に迎え、近代群馬の基礎を築いた。この廃娼とは女の解放、そして人間の尊重を実現するということで極めて重要。われわれハンセン病の問題を理解する上で欠かすことができない」

「ずい分と難しい話だ。俺たちにゃ荷が重いんじゃねえか」

権太が言った。

「うむ、いかにも難しい。しかし、差別と偏見はわれわれの前に立ちはだかる巨大な壁じゃ。乗り越えねば未来はない。逃げて地獄の釜に落ちるか、それともハンセン病の光に一歩でも近づくかどちらかなのだ」

万場軍兵衛は毅然として言い放った。

「逃げねえ、戦います。教えてください」

正男が言った。

「よく言った。われわれの宿命なのだ。大切なことはハンセン病だけではないということだ。ハンセン病だけの問題だと捉えるなら、世の中が変わらないからハンセン病も解決できない。娼婦の実態は実に悲惨であった。自分の体を売り、自由を奪われ、牛馬のように蔑《さげす》まれ、病気にまみれて死んでいく」

万場老人の表情は沈んでいた。

「では、群馬がやったことは奴隷解放ではないですか」

正助が興奮して言った。万場老人はそれを目で受けて続けた。

「ハンセン病の問題と共通するとは、このようなことなのじゃ。廃娼で輝かしい業績を挙げた群馬県が、ハンセン病でも成果を示してほしいと願うばかりじゃ。それは難しいことだが、われわれの努力にもかかっている思わねばならぬ。こういう覚悟で森山県議を迎えようではないか。どうじゃ、少しは納得がいったかな」

老人は自分の感情を抑えるようにして、若者たち一人一人に鋭い視線を投げた。

「人間は皆平等でそれを実現することが人間の尊重ですか。それがハンセン病の光の元になることですね。分かるような気がするなあ。それにしても、あの有名な吉田松陰の義兄弟が群馬県の初めての知事だったとは知らなかった。不勉強ですみません。しかし、それは明治のことでしょう。この大正の時代に森山先生がなぜ廃娼運動なのですか」

正助が不思議そうに言った。

「うむ、そこじゃ。廃娼は一筋縄ではいかなかった。楫取県令が去ると、次の知事は娼婦の制度を復活させようとした。その時、大いに頑張ったのが上毛の青年たちであった。全県下の青年が連合を作って廃娼に立ち上がって、その力で結局、群馬の廃娼は実を結んだ。この青年たちの中に森山抱月さんがおったのじゃ。その後も、折に触れ、公娼復活の動きがある。森山さんは県議になっても、この廃娼に信念をもって取り組んでおられる。繰り返すが、ハンセン病の問題と廃娼は、人間の解放ということで共通じゃ。森山県議と会った時に、このことをしっかりと承知してもらいたいと思う」

正助たちは事の重大さを知って、身構える思いでその時を待った。

その日が来た。森山抱月は、従者を温泉街に待機させ、単身で湯の川地区に足を踏み入れた。目立たぬ様子をしているため、一見普通人に見えた。

「ごめん」

声をかけると、中から戸が開く。そこに立つ予想外の美しい女の姿に森山は戸惑っている。

女の顔を見て、森山の目に一瞬はっとしたものが流れた。

「どうぞお入り下さい。森山様ですね。お待ち致しておりました」

こずえがにっこりして迎え入れる。

「やあ、万場軍兵衛さん、お久しぶりです」

そして、森山はこずえを見やりながら小声で言った。

「あれが、もしやお品さんの・・・」

万場老人は黙ってうなずく。そして小声で言った。

「先年、木檜泰山先生の傍聴に県議会へ行ったのも彼女たち。その折はお世話になりました」

森山抱月は、ほうという表情で改めてこずえを見た。

「偉い先生がこんな所に来られるのは開闢《かいびゃく》以来のこと、名誉なことじゃが皆緊張しております」

「なんのなんの。皆さん若くてよいですな。昔を思い出しますよ。廃娼運動というのがありましてな、草鞋《わらじ》に腰弁当で田舎の家まで乗り込んだものです。若い情熱があった。懐かしい限りじゃ」

「そのことです。先日、先生の業績を説明する中で、廃娼運動を話しましたぞ。初代県令、楫取素彦のことも併せてな。人間の尊重という点で、この集落の抱える問題と同一だと皆に話したところです」

「そうですか、その点は私も十分承知ですぞ。今日の目的は、理屈でなく、実態を肌で受け止めることです。この音が死の川、湯川ですか」

森山はこう言って、外に耳を傾けるしぐさをした。ごうごうと流れの音が響いている。そして、傍らの正太郎に目を留めた。

「おやかわいい坊やがなぜここに」

「おお、わしが紹介しますぞ」

万場老人は待っていたとばかりに声を上げた。

「その2人が両親でな、聖ルカ病院のキリスト教徒の医師も支えています。父親の正助は、シベリアから帰りました。この集落では、このように同病が助け合っております」

「何と言われた、シベリア出兵の帰還兵とは驚きですな。聖ルカ病院のマーガレット女史は同宗の者として存じております。同病の方が立派に結婚して、こんなかわいい子を産んで育てておられるとは。シベリアは地獄だと聞きました。ご主人の留守を奥さんは立派に守り、子どもを育てたのですね」

「皆さんが助けて下さったおかげでございます」

さやが言った。そして正助が続けた。

「この湯の川は、ハンセン病患者の手で仲間を助ける仕組みができています。妻が私の留守に子どもを育てられたのもそのおかげです。会長を決め、ハンセン病の人が仲間のために旅館を経営し税金も納めます。私は、シベリアでも韓国でもハンセン病の集落を見ましたが、この湯の川のようなところはありません。万場先生が、ここのことをハンセン病の光と申しますが、私はこのことを身をもって体験し、納得いたしました。韓国、シベリアと外国へ行き、外から見て、この集落の素晴らしさが分かったのでございます」

「うーむ。ハンセン病患者の組織によって仲間を助ける。ハンセン病の光ですか。よい話ですな。今まで、ハンセン病の悲惨なことばかり想像してきましたが、認識を改めなくてはなりません。議会の中だけでは良い政策は生まれません。昔の廃娼運動の頃を思い出しました。大切なことは、生の人間を見詰めることですな」

森山抱月はしきりに感激し、何度も正太郎の頭をなでた。正助は求められるままに、シベリアと韓国の体験を話した。他の仲間が追い詰められて全滅したこと、ハンセン病患者の集落で助けられたこと、海底洞窟の恐怖にも触れた。聞き終わって森山抱月は言った。

「いや、感動の物語ですな。私だけで聞く話ではない。今日のことは県議会で、皆に報告することに致します。それから一つ頼みがあります。議会の委員会で、正助君の話を聞きたいということになったら来てもらえますか」

正助は、これはえらいことだと思いながら万場軍兵衛を見ると、大きく頷いている。

「私に務まるでしょうか」

　正助の顔には不安の色があった。

「大丈夫です。私に任せてください。ハンセン病の光を議会に届けることになるかも知れません。その時は坊やもお父さん、お母さんと一緒に来てくださいね」

「はい」

　正太郎は母の目を見ながら答えた。県会議員を囲む家の中は重い緊張感に満ちていたが、正太郎の声でほっとした空気が生まれた。

　森山抱月は満足の表情で湯の川地区を去って行った。

「どうじゃな。正太郎が立派な役割を果たしたであろうが。は、は、は」

　万場老人の声が明るく響いた。

「大変なことですよ。正太郎が県議会に行くなんて、ないことだと思いますが」

　さやは本気で不安に思っている。

「いや、そうでないぞ。小さな命が周りに支えられて、両親の下ですくすく育っている。それを集落が支えている。そういうことがハンセン病患者の社会で可能だということを議会人に教えたい。これが森山さんの目的なのだよ。わしはあの人の人道主義と強い信念を知っておるから、正太郎が前橋の県議会に行く日が来ると思うのじゃ」

「正ちゃん、頑張ってね」

こずえが笑顔を向ける。

「うん」

正太郎は大きな瞳を向けて頷いた。

皆が去って2人だけになった時、こずえは万場老人に尋ねた。

「ご隠居様、森山様は私の顔を見て大変驚いていたご様子でしたが、何か」

「うむ。実はな、森山さんはお前の母親をよく知っておる。改めてゆっくり話すことがあろう」

老人の目は、今はそれ以上話したくないということを語っているようであった。こずえは一瞬不思議そうな表情をしたが、それ以上聞こうとしなかった。

二、県議会の正太郎

大正11年の11月議会が始まる少し前、衛生問題の委員会で湯の川地区の話をしてほしいという県議会の正式の要請が、正助の下に届いた。ここに至るまでには、聖ルカ医院の女医と県の担当医の間で交渉があった。

議員の間には感染についての不安があったのだ。女医の岡本トヨは、下村夫婦は患者とはいえごく軽微で、最近の検査では菌の反応が認められないと説明した。そして女医は、私見だがと断って、充実した精神状態の故に免疫力が高まったことも一因かと述べた。親子を県会に招くに当たっては慎重を期して、県の医師が立ち会うことになった。

「まさかと思っていたら本当になったのね。どうしましょう。あたし、そんな偉い人の所でお話しなどできません。以前、県議会へ傍聴に行ったけど、大変な所なのよ」

さやはいかにも困った表情であった。

正助は既に腹を決めていたので動揺しなかった。

「この集落のためじゃないか。それればかりでない。広く同病の患者のためと思って覚悟を決めよう。正太郎も、あの時、森山先生にはっきりと返事をしたのだから」

県議会が始まったある日、議会の1室に正助一家の姿があった。

天井の高い部屋にはシャンデリアがついていて、十数人の議員たちが席に着いていた。それに対面した位置に親子と医師が座るテーブルと椅子が用意されている。議員たちは、立派なひげをつけた人が多く、皆威厳があった。

正助には、この部屋に重い空気が張りつめているように感じられた。さやは、緊張の極にあるようで、肩が小さく震えているのが分かった。小さな正太郎だけが明るく元気だった。正太郎はきれいなシャンデリアに目を見張っている。草津の山奥からおとぎの国に来たような気持ちになっているのだ。

森山抱月が前に出て発言した。

「皆さん、今日は珍客を迎えました。既にお話しした草津湯の川地区の下村さん一家です。今や、ハンセン病のことは本県の重大課題であり、人道上の問題です。病気で苦しむ人々の実態を知らずして、地に足をつけた議論ができましょうや。それは不可能なのであります。私は、先日、一足先に、湯の川地区を訪ね、皆さんと膝を交えて話しました。そして、これはぜひ諸君にも話を聴いてもらう必要があると感じたのであります。その時、この坊やがおりましてな、県議会という所へ来てくれますかと言ったら、大きな声でハイと答えてくれました。その勇気に私は驚きましたぞ。まず、坊やから紹介しましょう」

森山抱月は、こう言って、正太郎の耳に顔を近づけた。

「名は何と言ったかな」

小さな声でささやくと、

「正太郎です」

正太郎は大きな声で答えた。母から言われていて、何回も練習した成果であった。部屋に議員たちの笑い声が上がった。

「は、は。今のは練習じゃ。今度は本番。よいかな正太郎君」

「はい。下村正太郎です」

パチパチと拍手が起きた。正太郎は褒められたとあって、瞳を輝かせて得意そうに母を見た。

部屋の緊張は一気にゆるんで、和やかな空気が流れた。

「よいか正太郎君、ここにいるおじさんたちは怖そうだが本当は皆優しいから安心せよ。それにな、シベリアで戦ったお父さんほど勇気のある人は誰もおらん」

森山の声にまた、どっと笑いが湧いた。正太郎は頷き、そうだねという顔を父に向けた。

ある議員が質問した。

「湯の川地区に医者はおるのか」

これには、さやが答えた。

「聖ルカ病院にただ1人、女のお医者様がおられます。キリスト教徒の方で夜も出向いてくださいますが、お1人で大変です」

「湯の川は、豊かな患者が多いと聞くが事実でありますか」

別の議員が聞いた。これには正助が答えた。

「はい。お金を持った患者もおりますが、多くは貧しく、食べ物をもらい歩く人もいます」

さらにもう1人の議員が聞いた。

「大変失礼な質問ですが許されたい。あなたたちは見たところ普通と変わらない。レプラつまり、ハンセン病は、恐ろしい伝染病と聞くが実際はどうなのか」

「はい、世間ではそう思われていますが、私たちの受け止めは違うのです。マーガレット先生始め、キリスト教徒の人々は、あそこで日常生活をして平気です。また、草津の共同浴場では、以前一般の人との混浴もありました。私たちは、めったにうつらない病気だと信じております」

正助の発言に不思議そうに首を傾げる議員たちの姿があった。

森山抱月は、この議会でハンセン病についてしっかりとした質問をしようとしていた。12月の議会で、森山は質問席に立った。

「ハンセン病患者の療養だが、草津の湯の川地区にいる400人は本県にとり大問題です。その生活問題をいかにするかは誠に重大です。療養に関してはキリスト教徒の婦人が資金を負担し、この人の下で、医師はただ1人、これまたキリスト教徒の婦人が当たっているに過ぎぬ。私は日本人として、本県人として恥ずかしい。しかし、県の独力では困難です。社会問題としても人道問題としても国と県が協力して解決すべきであります。2つの歯車がかみ合わねば効果は上がりません。ところで県当局はこの点、国に対して交渉しておりますか」

ここで外国の一婦人とはマーガレット・リー女史のことであり、医師とは岡本トヨを指すことはもちろんである。森山は本来、国や県が金を出すべきところを外国人が命懸けで私財をなげうっている姿を見て、政治家として恥ずべきことと痛感したのだ。これに対して県当局は次のように答弁した。

「湯の川地区の問題は同感です。これは県および国の多年の懸案でありまして、内務省から2、3回、また、伝染病研究所も度々見えて調査しています。県当局としても何とか解決したいと痛感していますので、内務省に対し県の意見を具申しておる次第であります」

「やる気があるのか」

議員からやじが飛んだ。やじに呼応するように傍聴席でざわめきが起きた。

日本は文明国でありながらハンセン病の対策が遅れていると批判されていた。政府はこれに対してハンセン病患者を調査した。１９２０年の調査では、全国の推定数は2万６３４３人。これを踏まえて、既存の５カ所の府県立連合療養所を拡張する計画を立てていた。森山が言うように国と県の歯車がかみ合う必要は迫られていたが、群馬の意識と動きはまだ低調だった。

三、関東大震災

大正12年は大変な年であった。９月１日、未曽有の大地震が発生。午前11時58分、東京を中心に起きた巨大地震は関東一円を激しく揺すった。

しかし揺さぶられたのは大地だけではない。人々の心であった。騒然とした社会で、ただでさえ人々の心には不安があった。大地の鳴動は人々の心を一層の不安に陥れた。人々は恐怖に戦《おのの》き巷《ちまた》には流言飛語が飛び交った。昼時と重なって木造家屋が密集する帝都は一瞬にして火の海と化した。全壊・焼失家屋約70万戸、死者行方不明は14万人余りに達した。

このような中で多くの朝鮮人が虐殺されるという異常事態が始まった。夜は群馬からも東京の空が赤く見えた。この状況は湯の川の人々を言い知れぬ不安に陥れた。

朝鮮人が暴動を起こし、それに対抗する民衆により多くの朝鮮人が殺されたといううわさを知った時、正助は韓国の抗日運動を思い出した。日本に支配された韓国の民衆は独立を強く求めている。そして、韓国の抗日運動は、国境を越えて中国の動きと連動して激しい炎となっていることを正助は朝鮮半島で肌で感じたのだ。だから、朝鮮人の暴動というのは、もしかするとあの抗日の一環かと思った。

万場軍兵衛は動揺する人々に対して毅然として言った。

「軽挙妄動《けいきょもうどう》は厳に慎まねばならぬ。藤岡でも17人の朝鮮人が殺された。恐らく罪のない人たちじゃ」

「藤岡でそんなに多くの朝鮮人が」

　正助は驚いて叫んだ。万場老人は怒りを表して続けた。

「各地で朝鮮人の被害が出ているので、藤岡の警察署は留置場に保護したのじゃが、猟銃や日本刀を持った暴徒は留置場を破って乱入し、手を合わせて命乞いをする朝鮮人を殺したという。朝鮮人に対する軽蔑がそのようなことを可能にした。われわれハンセン病も同じ立場に立たされることがあり得る。差別と偏見にさらされる点では同じなのだ」

　万場老人は、正助を見据えて言った。

「差別と偏見は弱い所に向かう。今回の朝鮮人虐待には権力がその弱い人間の弱点を利用している向きがある。これも全体主義の現れと見なければならぬ。個人よりも、国家社会が大切という考えじゃ。国家は何のためにあるかがこういう時にこそ問われる。国家は弱者のためにあることを今こそ見詰めねばならぬ。だからハンセン病患者は朝鮮人虐待と無関係と思ってはならぬぞ」

　万場老人はここで話すのを止め、しばらく考えていたがやがて毅然として口を開いた。

「傍観して朝鮮人を守れなかった警察官は警察の使命を忘れた者と言わねばならぬ。そして、人道の一片も解さぬ人々だ。朝鮮人を守れない警察は日本人も守れないのだ」

「この草津にも朝鮮人はいます。この湯の川地区にもいます。俺は韓国で朝鮮人に助けられた。

その恩返しのためにも、俺は仲間に呼びかけて朝鮮人を守ります」

正助はきっぱりと決意を示した。

「それがいい。この問題はお前個人の恩返しということを越えて、人道上の問題なのじゃ。このことを行動で示すことが、われわれハンセン病の解放にもつながることになる。藤岡の朝鮮人虐殺の問題は、県会議員に良識があれば県議会でも大きく取り上げられるに違いない」

万場老人の頭には、この時森山抱月の姿があった。

帝都を見舞った未曽有の大災害を前に、政府は治安の乱れを極度に恐れた。それは体制の動揺につながると考えたからであった。全国から多くの警察官が動員され、地方は手薄になっていた。問題の藤岡署であるがここも23名中、14名が東京に出ていた。隣接する埼玉県神保原町などでは9月3日ごろ、朝鮮人166人が殺された。騒然とした空気が藤岡に伝わってきた。

各地は自警団を組織したが、それは狂気の集団と化していた。藤岡署には自警団が朝鮮人の引き渡しを求め、それに青年団が加わり、留置場の破壊を始めた。狂気の集団を抑えることはもはやできなかった。民衆が狂気の集団と化して、朝鮮人の虐待に動いた背景には、政治体制擁護のために政府が意図的に大衆をあおった事実を否定することはできない。警察の及び腰も政府の動きと連動していた。実は、県議会の見識ある一部の者は、これを見抜いていたのである。

正助が万場軍兵衛とこのような言葉を交わした直後、1人の朝鮮人がおびえた表情で、早朝に正助を訪ねた。麓の村に住んでいるが、家に石を投げられたり、殺してやると書いた紙が貼られたという。男は、麓の鉱山で仲間の朝鮮人たちと働いていた。昔、仲間がこの集落の万場軍兵衛という人に助けられたこと、また、正助が韓国から帰った人で朝鮮人を差別しない人と知ってやって来たと話した。

「あちこちで朝鮮人が殺されているので不安です」

「この集落はあなたたちの味方です。万場老人と相談して、草津の警察に話します。一度、警察に見回ってもらえば変なことは起きないでしょう」

正助がこう話すと、男は警察は守ってくれるかと不安そうにつぶやきながら帰って行った。

正助は、警察が本当にやってくれるか心配になった。その時、はっとひらめくことがあった。〈そうだ、この人をおいて他にない〉。大門親分が頭に浮かんだ。

「おう、そういうことなら任せてくれ。俺も立場の弱え朝鮮人にひでえ事をするのは許せねえ」

大門太平は、早速動いた。麓の村の朝鮮人が住む辺りを見回ることにしたのだ。1人の子分を連れて朝鮮人が働く鉄山の近くにさしかかった時である。数人の男が朝鮮人を囲んで争っている。振り上げる棒の下で朝鮮人が悲鳴を上げているではないか。大門は、ぐっと踏み出して言った。

「やいやい、てめえたちは一体何をやってやがる。俺は朝鮮人に味方する日本人だ。湯の川地区のもんよ。朝鮮人も湯の川のもんも、てめえたちにも同じ赤え血《あけ》が流れていることを一つ見せてやろうじゃねえか。それが分からねえようなら分からしてやる。根性据えてかかってきやがれ」

「ひえー。おめえさんは、湯川の親分さんで」

暴漢たちは、ほうぼうの体で逃げ散った。

この話は、麓の村および草津一帯に一挙に広まった。朝鮮人たちは大いに喜んだ。

「正助よ、お前、偉いことをやったのう」

万場老人は涙を落として喜んだ。

「いえ、偉いのは大門の親分です」

正助は会心の笑みで応えた。

藤岡事件の直後に第19回県会議員選挙が行われ、これを踏まえて10月臨時県議会が開かれ、森山抱月は県会議長に選任された。臨時議会は2日間で幕を閉じた。この議会は、議長など役員選任が目的だったからだ。1カ月後の11月16日、通常県議会が開かれた。

この県議会で注目されることは、ハンセン病について、初めて群馬県議会で具体的な議論が行われたことである。

利根郡出身の大江議員はただした。

「本県から国立の全生病院に何人収容されていますか。草津の湯の川地区には４、５００人の患者がおりますが、放置されたままの状態であります。一体、国の政策はどうなっているのですか。全国でどの位患者がいて、国はそれに対してどのように対応しているのか具体的に伺いたい」

県当局は答えた。

「国の調査によりますと、全国で３万３５９人と報告されていますが、実際はもっと多いと言われます。本県人で全生病院に収容されている者は23名でございます。国の政策でございますが、全国を五つの区域に分け、それぞれに一つ、計５カ所の療養所を設けました。群馬は東京の全生病院の区域に属します。そこに23名行っておるわけであります」

この議員は畳み掛けるように言った。

「全生病院の定員は、そして、五つの療養所に収容できる数は」

役人は資料を指で追いながら答える。

「はい、全生病院の定員は、開設時３５０人であります。５カ所を合計して１１００人でございます」

「なんと驚くべきこと。３万人以上患者がいて、そのうち１１００人とは。まるで対策がなっていないことではないか。どういう訳なのか。きちんと説明してほしい」

「事態は深刻でありますが、国の財政状況もあり、一挙に対策を進めることは困難と思われます。現状は、扶養できない放浪する患者を五つの国立収容所で収容するという方針であります」

「では、湯の川地区はどういう位置付けなのですか」

「はい、湯の川の患者は、金銭に余裕のある者も多く、自治の組織で助け合っており、少なくとも浮浪する患者ではないと私たちは見ております」

「うーむ。湯の川についても無策というべきではないか。あなたたちは実態と事の重大さを知らぬ。昨年の暮れに、この議会の委員会にハンセン病の家族が来ましたぞ。その時、いたいけな少年が元気にわれわれの質問に答えたのです。私はその時、強く思いました。この少年の未来を守らねばならない。それはこの議会の使命ではないか」

「そうだ」

議員席から大きな声が上がった。

「その通り」

今度は傍聴席の声であった。

この議員は最後にテーブルをどんとたたいて言った。

「要は、県民の命をいかに大切にするかということです。ハンセン病の患者を人間としてみるかどうかということです。湯の川のことを国任せにせず、しっかり取り組んで頂きたい。このことをしっかりとお願いいたします」

続いて、甘楽郡出身の町田議員はレプラ問題と銘打って当局に迫った。

「当局は、国立療養所の深刻な内容を承知しているのかお聞きしたい。まず、職員はほとんどが警察官上がりで、患者に対して高圧的で犯罪人に対するが如くである。これは人道上甚だ問題ではないか。放浪するハンセンを収容する目的に、文明国の体面ということを挙げていると聞く。ならば、患者を人間として扱うことが文明国の務めではないか。さらに重大なことがあります」

町田議員は言葉を止め、当局に鋭い視線を投げた。

「さらに重大なこととは、この病気は秘密病と言われるのに身元を調査することだ。患者は身元を知られるのを極端に恐れる。身元が分かるとそこへ巡査が先頭に立ってやって来て、大掛かりな調査が行われる。嫁に行った娘は離縁され、その家は地域で暮らせなくなる。そんな所へ本県の患者が23人も行っている。そして、毎年1万円も出している。県は国に改善策を提案すべきだ。国の方針が地方の患者の実態に深刻な影響を及ぼす。ハンセン病をいかに扱うかは、他の福祉政策の鏡になります」

「福祉の象徴だ」

議場から声が飛んだ。

「国は飼い殺しではないか」

これは傍聴席の声であった。

町田議員は、声の方をちらっと見た。声の主は頷くように見えた。議長は静粛にと目で制した。

「国は文明国の体面を気にしているが、その政策は国際学会の動きに反しているとも聞きます。今、鋭い声が傍聴席から響きました。国はハンセン病の患者を見つけ出して収容したら一生解放しない方針らしい。これこそ反文明である。現代の牢獄《ろうごく》ではありませんか。一生隔離ということは治らぬと決めつけていることを意味する。わが草津を見よ。わが湯の川を見よ。現に治っている人が多くいる。だから、国立の収容所に入っても治る人はいるに違いない。治ったら解放することが人道である」

「そうだ」「そうだ」

「静粛に願います」

傍聴席に議長が叫んだ。

「私は過日、ひそかに湯の川地区を訪ねました。理想の村を作ろうとしていると申しますが現実は誠に厳しい。戸ごとに物乞いをし、追い払われるレプラの群れを私は見た。こういう人たちを人間と見るかどうかという問題です。湯の川は自治の努力をしていますが、物乞いの姿は自治にも限界があることを物語る。しかし、県が力を貸せば大きな成果を生むに違いない。県はなぜしない。なぜ国に働きかけない。県が救いの手を伸べないのは、レプラを人間と見ていないからだ、税金の無駄遣いだと考えているからだという見方もあります。これは、由々しき問題です。最高学府で学問を修めた知事のご意見をお聞きしたい」

山村邦明知事は登壇して答えた。

「実に容易ならざる質問であります。貴員が提起された問題は誠に重大です。明治になって、日本は、四民平等となった。この精神は、レプラにも及ぼさねばなりません。ハンセン病の人も人間なのです。貴員のご質問に、不肖山村、はっきりお答えいたします。この群馬県の名誉にかけて、断じてレプラを排除致しません」

町田議員は、知事の言葉に大きく頷いてさらに続けた。

「知事、よくぞ申された。貴方の発言は実に重い。時が時だけに、今の発言は県民に大きな勇気を与えるに違いない。そこで、貴方のお考えを行動に移してほしい。だから、ぜひ本県からも適当な予算を出してもらいたい。日本中で真っ先に東京へ駆け付けて大震災の救助に当たった山村知事さんだ。決心して出してもらいたい。知事の決意を聞かせてください」

山村知事は、この議会の開会の辞で、大震災の救援に全力を尽くしたことに関しては、摂政殿下からお褒めの言葉を拝したと誇らしげに述べた。ここで摂政殿下とは皇太子裕仁（後の昭和天皇）のことである。大正天皇が病気のため、大正10年、摂政に任じられた。

山村知事は次のように答えた。

「理想としては同感至極でございます。私も深く研究し政府や内務省衛生局に申し出ており、内務省も検討しております。その結果、政府も国費で療養させねばならぬという意見であると承知しております。患者は草津の温泉に浴することを無上にありがたいと感じているらしく、これは天然の恵みでありますが、県として何もしていないのは、いかにも相済まぬと思っています。大震災で真っ先に駆け付けたとご指摘いただきましたが、そのことに恥じぬよう足元の県民の救済にも力を尽くさねばという思いであります」

さて、国に対する要望そして建議は、以上で見られた議員の質疑、およびそれに対する答弁を踏まえて国の責任を促そうとするものであった。これは、当時の、この病に対する一般的な理解の程度、対策の現状、湯の川地区に関する認識を示している。大正12年の県議会は、国に対する次のような建議案をまとめた。

「古来、ハンセン病は恐るべき伝染性を有し、一度これに感染すると、その治癒はすこぶる困難であります。この憐《あわ》れむべき患者に対する国家としての救護が薄いことはすこぶる遺憾であります。草津温泉は、この病に著効ありと言われ、患者で浴養する者が多く、いつしか、湯の川に一集落を形成しましたが、この集落は草津町と接続しており、その危険性が指摘されるようになりました。本県は解決を心掛けていますが、県の力では根本的な施策はとうてい不可能であります。本問題は本来、国家が相当な処置をすることが当然と信じます。この際、国家が速やかにこの患者を理想の地域に移転隔離すべきです。そして、公衆衛生の不安を除き、不憫《ふびん》なる患者の救出、ならびにハンセン病予防と撲滅の施策を実施してくださることをお願い申し上げます」

ここで見られる中心的思想は、恐ろしい感染症だから一般から遠ざけて隔離すべしというもの。ハンセン病の科学的実態から離れたものである。この建議案については、当然ながら反対意見もあった。議会とは、多数意見をもって漸進するところだからやむを得ないことであった。ただ、理想の地域ということに触れていることは湯の川地区の歴史に配慮したぎりぎりの提言であった。

さて、この議会で「文明国の体面」「国際学会の動き」「一生隔離」などが語られた。これらは、世界の動きを知る上で重要である。世界の情勢を知らねば自国の政策を正しく批判することはできない。

県議会の動きを伝え聞いた正助は、ある日万場軍兵衛に尋ねた。

「文明国の体面、国際学会の動き、一生隔離、これらはどうつながるのですか。俺たちは国のメンツの犠牲ですか」

「うむ。重大なことじゃ。歴史、国、世界、われわれはこの大きな流れに翻弄《ほんろう》されておる」

万場老人はこう言って、背後から1冊の書物を取り出し、それに目を走らせながら語り出した。

「明治32年、欧米諸国との間で条約が改正され、外国人が自由に日本国内を動けるようになったのじゃ。そこでな、放浪する患者、神社仏閣の門前で物乞いをする姿が欧米人の目に留まるようになった。異様な姿で路傍に座り、道行く人から恵みを受ける様は、これが人間かと、彼らに強い衝撃を与えたという。日清戦争に勝って世界の一等国を目指す日本にとって、浮浪するハンセン病者の姿が欧米人の目に留まることは国家の屈辱であり、日本の誇りを傷つけると政府は考えた」

万場軍兵衛は言葉を切り、ため息をつくしぐさをしてから続けた。

「もとより体面だけの問題ではない。深刻なのじゃ。当時の国の調査では把握された患者数は3万359人。その背後に潜む血統家族は99万9300人ということであり、これは国家目的たる富国強兵の大きな妨げと受け止められ由々しき重大事であった」

「俺たちが富国強兵の妨げとは」

正助は首をかしげて言った。

「弱肉強食の世界に登場した日本は、健康な強い兵士を育成して強国を実現することを目的としたのじゃ」

万場老人はここで、きっとした目で正助を見詰めて言った。

「ハンセン病は恐ろしい伝染病であるから隔離することが感染を防ぐために、また、欧米人の目から隠すために必要と考えた。さらに不治の病という迷信があったから、一度隔離したら二度と外に出さないという方針なのじゃ」

「ご老人、日本は遅れていると思います。だから国際会議の動きが気になります。教えてください」

「そうじゃな。国際会議のことを少し調べたので説明しよう。日本がいかに遅れているかが分かる」

万場老人は、そうつぶやきながら別の書類を取り出した。

「第1回ハンセン病の国際会議は明治30年、ベルリンじゃ」

「ハンセンによってらい菌が発見されたのは明治6年と聞いております」

「その通りじゃ。この会議はそれを受けて、その対策を議論することが目的じゃった。この会議で確認された主な点は、ハンセン病は遺伝性でないこと、一定期間の治療のために隔離が望ましいことなどであった」

「日本は、一度入ったら一生隔離と言われています。先生、俺たちの運命はどうなるのですか」

「うむ。心配じゃ。一生隔離の根拠は治らないということじゃ。しかし、お前もさやさんも、こずえもこのわしも菌はない。湯の川では治っている人が多い。無知が差別と偏見を生んでいるのじゃ。第一、一生隔離なぞ人道に反することじゃ。国際会議は治療のための一定期間の隔離が望ましいと、まさに人道への配慮を示している。これは、われわれにとって暗夜《あんや》の光明じゃ。湯の川の光に通じるものじゃ。頑張ろうではないか」

「はい、先生、暗夜の光明とはぴったりです。勇気が湧きます」

2人はしっかりと手を握りあった。

万場老人は、目の前の書類を指先で追いながら続けた。

「第2回国際会議は明治42年ノルウェーで開かれた」

「らい菌を発見したハンセンの母国ですね」

「そうじゃ、この会議の内容は非常に重要なのじゃ。この年、日本では5地区に分けた国立療養所が設置された。県議会の議論で本県からは23名の患者が収容されたと答弁されたが、その全生園は、この年に開設されたのじゃ。この第2回国際会議ではな、らい菌の感染力は弱いこと、隔離は患者の同意の下に行われるのが望ましいこと、放浪する患者等の一部の例外については強制隔離を行うことなどが確認された」

「へえー、先生。感染力が弱いことが国際会議で確認されたとは本当ですか。草津の人は昔から知っていることですね。そのことが草津だけでなく世界の会議で認められたとは信じられないようです。草津の水準が国際会議を超えていたなんて。なぜ日本はそのことを認めて政策に取り入れないのですか」

「そこなのじゃ。そこに日本の特殊事情がある。ハンセン病の政策の基盤に人道主義、つまり人権の尊重がないのじゃ。これはハンセン病の対応を超えて国民一人一人の人権に通じる問題じゃ。このことをしっかりとわきまえることが重要なのじゃ。国際会議の結論は、われわれに勇気を与え、われわれの強い味方になっておる。正助よ、頑張らねばならぬぞ」

万場老人がきっぱりと言うと、正助は大きく頷いた。

さて、万場老人が、藤岡の朝鮮人虐殺は県議会が取り上げるに違いないと言ったことはどうなったであろうか。それは、綱紀粛正の建議案とそれに関する森山抱月議長の発言となって実現した。

すなわち建議案では「暴民が勢いづくのを見逃して職責を顧みない警察がいる」「今、これを根本的に粛正しなければ、県政の将来が心配である」と指摘し、だから「当局は速やかに警察官の粛正を断行してほしい」と訴えた。

そして森山議長は、建議案について自分の考えを次のように表明した。

「藤岡事件は警察官の責任観念と見識の欠如を表す。責任を明らかにした措置をとらねば警察の威信を保つことはできません」

森山議長は、このように警察官の責任感と見識を問題にした。森山の胸中には、警察官が地域のハンセン病患者を圧迫して苦しめているという思いがあった。彼は、この議会で町田議員がハンセン病は秘密病だと言って警察官を批判したことを、議長として警察官の見識の問題として改めて指摘したのであった。また、森山議長は、自ら抱き続ける信念をここぞとばかり言い放った。

「朝鮮人を虐待することは、単に朝鮮人だけの問題ではありません。それは、誤解・差別・偏見の問題です。つまり、広く人間をどう見るかの問題なのです。ですから、この議会で議論されているハンセン病患者とどう向き合うかということで共通の問題なのです。群馬県議会は、明治の御世に、全国に先がけて廃娼県を実現させました。その誇りを忘れてはなりません。廃娼もハンセン病患者の救済も、そして朝鮮人の保護も、人間尊重という点で共通の問題です。目の前の試練に正しく応えられぬようでは、廃娼県群馬は本物ではなかったということになります。朝鮮人の問題は、天から群馬県議会に与えられた試練に他なりません」

第四章

生きる価値とは

一、韓国の客

ある日、草津の役場に韓国からの手紙が届いた。宛名は下村正助。差出人は鄭東順とある。正助が助けられたハンセン病の集落の頭だ。正助は届けられた封書を逸る思いで開いた。そこには、無事に日本に帰れたことは何よりとあり、大震災の見舞いを述べ、何よりも仲間の朝鮮人が助けられたことに心から礼を言いたい、主要な要件は万場軍兵衛殿に知らせるとあった。

数日後、正助が万場老人を訪ねると、こずえが居た。万場老人の様子がいつもと違う。老人は意を決したように静かに話し始めた。

「京城の鄭から手紙があった。大震災で多くの朝鮮人が殺された。その中に、差別された人々が多く含まれているらしい。そのことで、詳しく知りたいので鄭の関係者がそのうちに日本へ向かうとある。娘の明霞も来るそうだ。実は、明霞はこのこずえと血がつながっている」

「えー、何ですって」

正助は思わず大きな声を上げた。正助は赤いチョゴリをまとった韓国人の娘が誰かと似ていると感じたことを思い出していた。そういえば目の前のこずえとそっくりである。こずえにあのチョゴリを着せれば、同じ姿ではないか。

「こずえには、時々話してきたことじゃがな」

万場軍兵衛は、そう言って遠くを見るような目をした。

「こずえの母は、わしの縁者の屋敷で働いていたが若くして亡くなった。双子であってな、妹がおった。妹は深い訳があって、朝鮮に渡った。立派な若者と知り合い、愛し合うようになり、結婚した。それが若い頃の鄭東順だった。そこで生まれたのが明霞なのだ」

万場老人の話は衝撃的である。

「明霞は、母親のゆかりの地を見たい、そしてゆかりの人に会いたいというので、草津へ来るそうだ。その時は、正助、いろいろ頼むぞ」

「分かりました。おれは、鄭さんにも、明霞さんにも大変お世話になっていますから」

「私は何か、不思議な気持ちです。そして、怖いようです。どうしましょう」

こずえは、こう言いながらもほほ笑んでいる。その目には大きな期待が表れていた。

それからしばらくして、いよいよ韓国の人々と会う日がやってきた。

嬬恋駅では正助とこずえが電車の到着を待っていた。こずえは胸の高鳴りを抑えることができない。正助はよく似ていると言っているがどんな人だろう。こずえの心をのぞくように正助は言った。

「あの時は、朝鮮の服を着ていたから、こずえさんのことなど頭になかった。それでも誰かに似ていると思った。後で、あの顔はこずえさんの顔だと気付いたんだ。けどね、他人の空似と思っていたよ。まったく世の中は不思議だね」

「ご隠居様の話では、私と同じ年だそうなの。私の母とその方の母は双子で、他人様には見分けがつかないほど似ていたといいますから、その方と私が似ているのは無理ないわね」

やがて電車が近づき、止まった。中から3人の男女が現れた。

「あっ、あの人だ」

正助が叫んだ。赤でなく地味なチョゴリの明霞の姿が近づく。

「しばらくです」

「まあ、正助さん、お久しぶりです」

たどたどしい日本語であった。正装した姿は見違える様で、にっこり笑った顔はこずえに劣らず美しい。

「こんにちは。ようこそ遠い所へ」

こずえがおずおずと声をかける。

「まあ、この方が」

明霞が驚いた声で応えた。2人は手を握り合った。

「日本語がお上手ね」

「いえ、ほんの少し、母から教わったの」

数奇な運命を目の当たりにして、こずえは何を話してよいか分からない。2人の男は1人は外国人でもう1人は日本人であった。

「私は田中と申します。通訳です。この人はドイツ人宣教師のカールさんです。日本語はかなりよくできます」

「カールと申します。よろしくね」

背の高い男は丁寧に腰を低く折ってあいさつした。

一行は草津に着いた後、明霞の希望で万場老人と会うことになった。明霞は、父の鄭東順から老人に会ってよろしく伝えよと言われていたのだ。

正助が働く山田屋の一室で老人は待っていた。老人は、カールとあいさつを交わした後、申し訳ないが明霞、こずえ、正助と特に話したいことがあると言った。別の一室に入ると、老人は明霞の顔をしげしげと見て涙を流した。

「鄭東順殿は元気ですか。こんな顔でお許しくだされ。正助が大変お世話になったそうな、ありがとう」

「お父さんは、朝鮮人を助けてくれたこと、万場さんに大変感謝していました。よろしくよろしく、言ってました」

「わしは今日、重大なことを話す決意じゃ。この時を待っていた」

万場老人はそう言って、こずえを見た。一同は何事かと老人の口元を見詰めた。重い沈黙があたりを覆った。老人は意を決したように口を開いた。

「正助が海底洞窟のことを話してくれた。明霞さんの母が日本兵を助けるためにあそこにのまれたな。あの日本兵は、実はこずえの父なのだ」

「えー」

こずえと明霞が同時に叫び、正助は息をのんで老人の顔を見据えた。

「こずえの父は満州の関東軍にいたが、何かの任務でウラジオストクに入ったらしい。いずれ話さねばと思っていたが、こずえの心を思うと機会がなかった」

こずえは両手で顔を覆い、肩を小刻みに震わせていた。

遠来の客を迎える場所には正助が働く山田屋が用意されていた。万場老人、さや、こずえ、いつもの正助の仲間たちの他に、集落の役員や正助の呼び掛けに応じた仲間も加わり、会場はにぎやかだった。そして、人々は、聖ルカ病院のマーガレット女史と岡本トヨが参加していることにも驚いた。また、人々は、美しい韓国人の娘に好奇の視線を注いだ。

正助が進み出て言った。

「皆さん、この方々はドイツ人のカールさんと韓国人の明霞さん、そして通訳の田中さんです。明霞さんは朝鮮で差別に苦しむ私たちの仲間です。シベリアで死ぬところを私は多くの人に助けられました。今回の大震災で多くの朝鮮人が殺されたことに、向こうでは大きな衝撃を受けています。カールさんは、私たちに特別話したいことがあるそうです」

大きく頷くカールさんの目に何か強い決意が表れている。その時、通訳の田中が発言を求めた。

「その前にドイツについて日本人の私から少し説明したいことがありますがよろしいでしょうか」

正助が笑顔で承諾を示すのを見て、田中は話し始めた。

「ドイツは西洋の大国ですが、世界の強国を相手に戦って敗れ非常に大変な状況です。日本はドイツの敵でした。日本がたたきのめしたドイツのカールさんと仲良しになったのが不思議に思えます。話はそれましたが、そういう大変な状況で大変恐ろしい思想が広がり始めています。それは、人間とは何かということに関わる考え方です。カールさんは、韓国に来て、韓国でも同じ考えが広がることを恐れました。カールさんは韓国の差別の実情を見ました。朝鮮人が日本人によって差別されている。そして、ハンセン病の人が人間扱いされていない。韓国と日本は一体で日本が支配しているから、差別の原因の一つは日本にある。そこで、日本に行きたいと思っていたら、大震災が起き思いもよらないことで多くの朝鮮人が殺されました」

「キリスト教徒の使命を持って日本に来たカールさんの話をぜひ聞いてください」

田中は一気に語ってカールを促した。田中の通訳を交えながら、カールは語り出した。

「日本の皆さん、草津の皆さん、ありがとう。カールです。多くの韓国の人、大震災の時殺されました。とても悲しいこと。日本人に朝鮮人のこと差別する心、あります。私、鄭東順からいろいろ聞きました。この差別の心が朝鮮人を虐待する大きな原因になったと思います。この差別、朝鮮人以外にきっと広がります。ハンセン病の患者にも。そして、国が大変な時、ドイツと同じように、弱い人たちを犠牲にする危険な思想が広がることを恐れます。人を差別する心、人間を大切にしない心は、生産に参加できない人の価値を認めません。これ、今日話すこととと関係します。草津の湯の川地区のこと、鄭さんから聞いた。この集落のこと、もっとよく知りたい。私、皆さんと力を合わせたい。これ、イエス様の導きです」

この時、万場軍兵衛が発言を求めた。

「鄭さんとつながる皆さんとここで会えるとは実に不思議な気持ちですぞ。明霞さんとこずえがここで、こうして会えるのは、神の導きであろう。カールさんの話を聞けるのも神の力かも知れぬ。ところで、そのドイツで懸念されているという恐ろしい考えとやらをぜひ聞きたいものじゃ」

カールは大きく頷いて言った。

「ご老人、よく言ってくれました。この山奥に来たのには大きな意味あります。ビンディングとホッヘという2人の有名な学者が『生きるに値しない命』という論文を書きました。今ドイツでは大きな話題になりつつあります」

「え、生きるに値しない命ですって、そんな命があるのですか。誰が決めるのですか」

正助がドイツ人の言葉をさえぎって言った。この時、端に座っていたマーガレット・リー女史の身を乗り出すようなしぐさが見えた。

「1920年の初めに出た論文ね。ここ3、4年ドイツでは賛否の激しい議論、沸いています。生まれつきの知的障害者、精神病患者、治る見込みのない病人など生産活動に参加できない人を挙げています。こういう人たちのため、国は毎年莫大な負担をしている。それ、誤った政策だというのです。ドイツは戦いに敗れ、全国民、飢えようとしている。戦勝国に大変な賠償金を求められ国が滅びようとしている。国民が心を一つにして頑張らなければならない時なのにそういう政策、全く無駄なことだというのです」

「それでは、この集落のハンセン病の患者もそれに当たるということになるのですか」

正助が言った。

「そういう風にどんどん広がる恐れありますね。生産に参加できない高齢者にまで広がるかも知れません。論文は、そういう命を生きるに値しないものとし、それをこの世から消し去ることは、恵みの死を与えることだというのです。精神科医のホッヘは、国家を一つの人体にたとえて、その一部に腐った部分できたらそれを切り取ること、それが全体の身体を生かすためだと主張しています。腐った部分とは、生きるに値しない命なんです。皆さん、どう思いますか」

カールはテーブルをどんとたたいて言った。

その時、別の声が上がった。

「おお、何と恐ろしいこと。神を畏れぬ仕業です。神は絶対にそのようなことをお許しになりません」

リー女史の声であった。

「全体のために腐った部分を捨てる。それこそ全体主義の悪い点じゃ」

万場老人が言った。これに頷きながら、リー女史は続けた。

「私の国はイギリスです。イギリスはドイツと戦いました。ですから敗れたドイツの苦しみはよく分かります。私たち戦勝国が与えた罰が厳しすぎたことも承知しています。この恐ろしい論文はそういうドイツの事情と関係あるのかもしれません。しかしです。生きるに値しない命などあるはずがありません。人間は神様がつくりました。人間は神の前に平等です。一人一人の人間が尊いのです。一人一人の人間が平等にこの世で生きることを許されているのです。病める人も、傷ついた人も平等な人間なのです」

静かな貴婦人の激しい舌鋒《ぜっぽう》に人々は圧倒され、会場は水を打ったように静かになった。カールは、女史の方を向いて頭を下げ、敬意を表する態度を示して言った。

「マーガレット・リーさん。あなたのこと、かねて聞いていました。ここで大変なお仕事されていますね。お訪ねしようと思っていました。お会いできて大変うれしいです。今、私の気持ち、全部言ってくれました。私のドイツはあなたのイギリスと戦って負けましたが、このような思想がドイツ人の学者から出ること、私、恥ずかしい。ドイツの教会本部からこの考えが広がることを阻止しなさいと強い指示、ありました。私の担当は韓国ですが、韓国のこと、日本に来ないとだめね。裏の世界のこと、鄭さん何でも分かる。いろいろ教えられて、私、助かりました。そして、私の心大変燃えています」

金髪で青い目の異人がなぜ大きな声で怒るのか、その深い意味が人々にはよく分からない。ただ朝鮮人を差別すること、自分たちハンセン病の患者に災いが及ぶことを心配してくれていることは分かる気がした。そして、白い肌の異人が真っ赤になって怒るというめったに見られない光景を人々は固唾をのんで見守った。

この時、万場老人が手を挙げて発言を求めた。

「リーさんの言うこと、カールさんが怒る意味、わしはよく分かりますぞ。皆さんは神の前の平等ということを申された。神のいうことは正しいに違いないが、神を知らぬ者、また、違う神を信じる者も人間は平等でなければならぬ。この点が大切じゃ。生きるに値しない命と名札を貼られるのは人ごとではない。わしは、中国に力を広げようとしている日本の将来を心配しておる。アメリカとの関係が悪化して戦うことになれば、日本はドイツと同じような状況に立たされる。困難な社会状況の中で多くの弱い人たちは、国にとって無用のもの、お荷物とされ、生きるに値しない命とされてしまうに違いない。そうなれば、真っ先に名札を貼られるのはわれわれハンセン病の仲間であろう。大変なことじゃ」

この時、それまで黙って聞いていた1人の若者が突然声を上げた。正男だった。

「カールさんが怒っている意味が分かったぞ。俺たち患者は世の中のお荷物だから殺されることになる。カールさんは、おれたちのために怒ってくれているんだ。感謝しなくちゃなんねえぞ」

これを聞いてすかさずカールが言った。

「ありがとう。ありがとう。君の今の言葉、聞いて、私が日本に来た目的、達せられた思いです。この声を日本中に広げること、大切です。皆さんの心が分かって、私本当に本当に幸せです」

この時、そっと手を挙げた若者がいた。皆の視線が集まる。権太であった。

「俺は難しいことは分からねえが、体の腐った部分を切り捨てるというのは納得がいかねえ。人間を腐った部分と見るなんて最低の考えでねえか。聞いたことがねえ。西洋の文明国の偉い先生もこんなものかと思いますだ」

「そうだ、権太の言う通りだ」

誰かが叫ぶと一斉に拍手が起きた。権太は自分の発言が思わぬ反響を巻き起こしたことに驚き、しきりに恐縮の様子である。

「わしにもう一言いわせてくれんか」

万場軍兵衛であった。

「カールさん、実にいい勉強会ですな。ドイツ、イギリス、韓国、日本が一堂に集まって人間の命、国の役割といった重大なこと、そして、われわれの運命に関わることを論じることになった。あなたのおかげですぞ」

この言葉にカールは大きく動かされたようだ。破顔一笑、それまでの緊張と怒りの表情は消えて、叫んだ。

「ダンケ、ダンケ。ありがとう、ありがとう」

人々はこの異人の感情がまっすぐに自分たちの心に届くことを不思議に思い感動した。

その光景を眺めながら万場老人は続ける。

「少し難しい理屈じゃが言わしてもらう。人間は一人一人が大切なのじゃ。国の役割はそれを守ることにある。国は何のためにあるか。わしは、国は弱者を守るためにあると信ずる。だから、生きるに値しない命などという発想がそもそも間違いなのじゃ。こんな考えが日本に広がらぬようわれわれは頑張らねばならぬ」

「そうだ」

「そうだ」

あちこちで声が上がり、同時に拍手が起きた。その時、後ろの席にいたマーガレット・リー女史がそっと立ち上がる姿が見えた。リー女史は微笑を浮かべながら前に進み出て言った。

「私にもう一言お話させてください」

意外な展開に人々は驚いた。普段遠くから時々見る異国の女性が、今こんなに身近にいて共通の問題で心を通わせていることが不思議であった。人々には白いドレスをまとったリー女史が神々しく見えた。

「皆さま、私、今日はとても感動です。大変に感謝しています。今、皆さまが話されたことは神様のご意思にかなったことです。神様のご意志のことが自然に語られました。水が流れるように神にかなったお話がされたことにとても感動しております。繰り返しますが、人間、一人一人が同じように大切というのが神のご意思です。国は、そのような人々を守るためにありま す。国のために一人一人の人間があるのではありません。みんな、生きるために神様から与えられた命なのに、生きるに値しないなんておかしいではありませんか」

リー女史の話しぶりは、顔に表れている強い信念と比べあくまで謙虚であった。静かな拍手が起きた。

この時、正助が遠慮がちにそっと尋ねた。

「俺たちは国のために一人一人の人間があると教えられ、当然のことと思ってきました。だからお国のために戦わねばならないと考えてきました。お国のために一人一人があるというのは間違っているのですか」

「おー」

と言ってカールが進み出た。

「それ、極めて重要なことね。そして極めて難しいけど理解してください。私、一生懸命説明します。聞いてくれますか」

カールは開いた両方の手のひらを前に出して重大さをジェスチャーで示した。正助が頷いた。

「それは恐ろしい思想の基礎となっているファシズム、日本では全体主義と言いますね。人間の権利や自由を否定し国家を最高目的にし、一人一人の人間は国家に従属し奉仕しなければならないとする思想です。国家が間違った方向に進む時も、一人一人の人間はお国のために従属し奉仕しなければならない。国の目的が第一。一人一人はそのためにあるから犠牲になってもいいとなります。先ほど、ご老人がおっしゃいました。人間は一人一人が大切、国の役割はそれを守ること、国は弱者を守るためにあると。その通りです。ファシズム、全体主義はこの逆です。今のイタリア、ドイツがそうなのです。だから国が大変な時に、生きるに値しない命などという思想が出てきます。どうか分かってほしいです」

ここでまた万場老人が手を挙げた。

「わしの先の発言が取り上げられた。うれしく思う。そこでまた、一言いわせてもらうぞ。国が間違った道に入って、にっちもさっちもいかなくなって引き返せなくなったら、われわれは国のために命を懸けなければならなくなる。そうならぬようにすることが重要なのじゃ。軍国主義の独裁政治では、国民が関わらぬところで、政治の方向が決められていく。現在の日本を見て、わしはこのことを痛切に心配しとるのじゃ」

万場老人が沈痛な表情で言った。正助は老人の話が理解できたので、老人を直視して大きく頷いた。

二、神との出会い

山田屋の出来事は、人々に感銘を与え、それは一人一人の心に根を下ろしていった。新たな出会いと発見を人々がそれぞれの立場で受け止めた。人間とは何か、国家とは何か、神とは何か、これらを今まで人々は深く考えたことがな

かった。これらはにわかには消化し難い難問であったが、人々は今、理屈を超えた力を感じて真摯《しんし》に向き合おうとしていた。

ある日、正助はさやに言った。

「カールさんやリーさんの偉さと大きさが分かったな。あの人たちは、国境も人種も超えて人間を救うために命を懸けているんだね。俺は目の前が大きく開けた気持ちだよ。さや、お前はどう思っているの」

「私も同じ思いなの。リー先生の偉さが初めて分かりました。イギリスの偉い生まれで大変な財産をお持ちで、それを湯の川のことに全てつぎ込んでいると聞きました。その意味が山田屋で初めて分かった気がするの。神様の命令と思っていらっしゃるのね。異国の神様って分からないけど何かすごい力なのね」

「俺もそう思うんだ。俺はシベリアで大変な体験をした。撃たれて土に埋まって、もう駄目だと諦めた時に救われた。今思い出しても身の毛がよだつのは海底洞窟だ。今振り返ると神様に救われたと思えてならない。さや、俺は、あの日から心にかかっていたのだが、リーさんに近づいて神様のことをもっと知ろうと思うのだがどうだろう」

「まあ、あなた」

さやはそう言って、大きく見開いた目で正助を正視した。

「実は私も同じことを考えていたの。あなたのいない時、おなかの正太郎を産むかどうか大変迷って聖ルカ病院のクリスチャンの女医先生に相談しました。先生は京都大学の小河原先生を紹介して下さいました。私は、こずえさんと京都大学へ行き小河原先生を訪ねてその教えを聞いて産む決意をしました。今振り返ると神様の力が働いたような気がしますわ」

「2人とも不思議な体験をしたのだね」

さやは頷きながら袂《たもと》に手を入れた。拳に何かが握られている。

「実はあなたに言い出せないことがありました」

正助は不思議そうな顔をしてさやの目を見た。さやは頷いて拳を開いた。

「一体何だい」

「あっ」

正助は思わず叫んだ。さやの手に小さな十字架が光っている。

「明霞さんが私とこずえさんに、お守りにと言って下さいました。大切にしてね、ご縁があるといいわねと言いました。そして明霞さんはそっと、首に下がる同じような十字架を見せてくれました。おそらく明霞さんはこの神様を信じているのよ」

「そうか、そうだったのか。明霞さんがこずえさんとお前に・・・」

そう言って、正助は感慨にふける様子であった。

ある日、正助夫婦とこずえはマーガレット・リー女史と会っていた。

「先生、先日の山田屋ではお世話になりました。あんな感動は初めてです。新しい世界を見た思いです」

正助がこう言うとリー女史は表情を一変させた。

「まあ、私こそ、とても感動でした。皆さまとイエス様を囲むことができたのですもの。教会でないところで、教会を実現できたなんて。奇跡です。私の胸、今もドキドキです」

「私たち、今日、あなたの神様をもっと知りたくてやってきました」

「オオ、ワンダフル。なんと素晴らしいこと。あなたたちの上にイエス様の姿が見えるようでございます」

正助も、さやも、こずえも、リー女史の輝くような瞳に圧倒された。目の前の女史は老女ではなく、若く美しい西洋の女に見えた。３人はリー女史に神が乗り移ったと見て、神とはかくも不思議なものかとあっけにとられたのであった。

リー女史は３人の表情に頷きながら静かに語り出した。さやは、以前、岡本女医がイエスについて話したことを思い浮かべながら耳を傾けた。

「お聞きください。今から１９００年も昔のことです。西洋の世界はローマ帝国の支配下でした。その帝国の片隅でイエス様はお生まれになりました。帝国には多くの奴隷がおり、その他にも虐げられた多くの人々がおりました。ユダヤの民もその一つで、イエス様はユダヤの民に属しておりました。イエス様は隣人を愛しなさいと人々に説きました。皆さま、この意味をどうお考えになりますか」

リー女史はほほ笑みながら問いかけるのであった。

こずえがそれに答えた。

「人間はいつも動きますね。だから隣人は決まった人のことではないと思うの。誰が隣りになっても隣人だとすれば、隣人とは全ての人を意味するのではないかしら。貧しい人も病の人も、ハンセン病の人も」

「オオ、ワンダフル。あなた大変賢い。その通りです。隣人を愛せよとは、全ての人を愛しなさい、人種も上下の差もなく、人間は皆同じように大切という考えです。イエス様はローマに逆らう者だと密告され、ゴルゴタの丘で磔《はりつけ》になりました。しかし、イエス様の考えは不滅です。私たちは、イエス様は復活され、その考えを訴え続けたと信じています。私は遠くイギリスからこの国にやって参りました。海を越え幾つもの国を越え、言葉も違う国に来て、病と差別に苦しむ皆さまを知りました。皆さまは隣人です。私はこずえ様の言葉で、今あらためてイエス様の隣人を愛せよの意味を噛み締めております。私は皆さまのおかげで、ここにイエス様がいらっしゃることを感じております」

リー女史が少女のように高揚する姿を見て、３人も神の雰囲気に知らぬうちに浸っていた。

正助たちは、キリストの生涯に始まって、ローマ帝国の権力と闘う人々の歴史に次第に引き込まれていった。海を囲むという壮大なローマ帝国、それを支配する強大な力、諸民族の戦い。正助は、時と空間を超えた人間のドラマに息をのんだ。目をつむるとゴルゴタの丘で十字架にかけられ槍《やり》で刺されるイエスの姿が目に浮かんだ。

正助には、ローマ帝国の強大さと重なってイエスの存在が大変重いものに感じられた。リー女史は、イエスの死は１９００年も前のことだが、その教えは不滅だと言った。リー女史がイエスを語り、それに心を揺さぶられる自分がいる。この事実こそリー女史の話が絵空事でないことを雄弁に物語っていると思えた。

ある時、正助はさやとこずえに向かって言った。

「俺の胸にはどうやら小さなイエス様がお住まいになっておられるようだ」

「まあ」

２人は同時に叫んだ。

「私たちも同じなの」

さやがこずえを見ながら言うと、こずえは大きく頷くのであった。

ある日正助は万場軍兵衛を訪ねて言った。

「先生、朝鮮人の虐待を見ていると、カールさんの言ったドイツの怖い話は日本でも起こりそうな気がしてなりません」

「うむ。わしも同じ思いなのじゃ。日本が危ない方向に向かっておる。そのことがハンセン病対策に現れておる。お前は、今回の世界大戦に参加し、従軍して大陸に渡った。日本は戦場にならなかったが、シベリアに行ったから戦争の地獄が分かったであろう」

「その点、カールさんのドイツは大変だったのでしょうね。国が戦場になり、その上敗戦だから」

「今度の戦争の特色は総力戦ということじゃ」

「総力戦とはどういうことですか。これまでの戦争とどう違うのですか」

「文字通り国の総力を挙げた戦いということじゃ。戦場の兵士だけではない。全国民、全ての資源、科学の力、あらゆるものを注ぎ込まねばならない。全ての要素の総和が戦力なのじゃ」

「人間も資源ですね」

「人的資源というではないか。最も重要な資源じゃ。そこで問題がある。人間を大切にしない国柄のところでは、人間を勢い物質と見ることになる。人間を消耗品と考えるから悲劇が始まるのじゃ」

「突き詰めると、戦争に役立たぬ人間は不要ということですか」

「恐ろしい。戦争は人間をそこまで追い込むことになる。カールさんの訴えたことを肝に銘じなければならぬ。ところでな、日本がいよいよ危うい方向に動きだしているように思えてならぬ」

　万場軍兵衛はそう言って、書類の袋を取り上げた。

「お前は、小河原泉という学者の名を覚えているか」

「はい、先生。忘れてなるものですか。俺がシベリアの時、さやがこずえさんと京都大学を訪ねて貴重な意見を聞いた人です。おかげで女房は勇気をもらって正太郎を産んだんですから、俺たちの恩人です」

「そうだな。わしは、さやさんたちから小河原先生のことを聞き感動した。そして、礼状を書き、その後も時々正太郎君のことなどを報告してきた。また、小河原先生からも時々手紙を頂いた。これは先生から届いたものじゃ」

　万場老人はそう言って、封の中から書類を取り出した。正助は何事かと老人の手元をじっと見つめた。

「学界で孤立しながらも信念を貫いておられる。ハンセン病は治らない病ではない。感染力は非常に弱い。この信念で、京都大学は外来の診療をやっておる。先生は、この湯の川のことを大変注目しておられる。この山奥から京まで、女がおなかの子の運命に関わることを相談に行ったのだから先生としても忘れられない出来事らしい。その後、正太郎君がすくすくと成長していることをわが事のように喜んでおられるのじゃ。その小河原先生が日本の現状を大変心配されておられるのがこれじゃ」

万場老人は、指で文面を辿りながら話す。

「国は絶対隔離政策を進めている。絶対隔離とは生涯出さないことじゃ。優秀な国民を育成するためにハンセン病患者を消滅させようとしているように見えるというのじゃ。ある国立病院では断種まで行っているというのだ。恐ろしいことじゃ」

「断種となれば、まさに生きるに値しない命は消せ、ではないですか」

「その通りじゃ。人権も人道も地に落ちたと言わねばならん。まかり間違えば、正太郎君もこの世に現れなかったことになる」

正助は、黙って深く頷いた。

政府は第1次世界大戦を通して、ドイツが総力戦で敗れたことを深刻に受け止めた。そこで、内務省に保健衛生調査会を設置、新たな衛生政策の方向を探った。この動きの中から、国民の体力強化を軸にした衛生政策への転換が図られ、結核、性病、ハンセン病、精神障害などの対策が重視されるようになり、長期的に心身共に優秀な国民の育成が図られていく。ハンセン病については、放浪する患者の隔離から全患者の一生の隔離へと向かうのであった。

このような政府および医学界を主導した人が全生病院院長の光池剣助であった。光池は、ハンセン病患者の逃走を防ぐために、絶海の孤島に隔離せよと主張した。光池は、保健衛生調査会委員として離島を調査し、沖縄の西表島を最適と結論した。これには、さすがに政府は同意しなかった。それは、絶海の孤島であることの他にマラリアのまん延地であったからである。

結局、離島隔離の島は、岡山県、内戸内海の長島に実現することになった。光池は、ハンセン病に関しては最高の権威であったが、絶海の孤島でマラリアまん延の地を選ぶことに、人命と人権を無視する姿勢が現れている。学者たちは、光池の権威に抵抗できなかったが、ほとんど唯一人、小河原泉は自身の信念を貫こうと最大限努力した。

万場老人の話を聞いて正助は頬を紅潮させていった。

「偉い先生だったんですね。正太郎も俺たち夫婦も幸せでした」

三、牛川知事に会う

それからしばらくしたある日、リー女史から正助に会いたいと連絡があった。

聖ルカ病院の一室に入るとリー女史が待っていた。

「森山先生が正助さんに会いたいと言っています」

開口一番、リー女史は言った。

「えっ、あの県会議員の」

正助が驚いて言った。正助の胸には妻と正太郎を連れて県議会に招かれた時の光景がよみがえっていた。その後、県議会でハンセン病のこと、湯の川地区のことがどう話し合われているか、正助は気にかけていたのだ。

「正太ちゃんも県議会へ行ったそうですね。森山先生が、大変お利口な子どもだと感心されておりました」

「正太郎は褒められて、得意になり俺たちより張り切っておりました。子どもは怖いもの知らずで、大勢の偉い先生もまるで眼中にありません」

「ほ、ほ、ほ。それが子どものよいところ。若い心は純で無敵なのよ」

「ところで森山先生のご用とは」

「県議会で湯の川地区の移転に関することが議論されているそうです。前に、湯の川に来て皆さんと話して実態は分かったが、集落を移すかどうかというと重大なので、私の考えを聞きたいというの。それなら正助さんにお聞きなさいと申し上げましたら、それがいいということになりました。それから、正助さんがイエス様を勉強していると申し上げたら大変驚いておいででした」

「そうですか。そのことを森山先生に聞かれたら俺、恥ずかしいな」

正助はこう言って頭をかいたが、その表情はうれしそうである。

それから数日が過ぎ、リー女史が森山抱月議員と打ち合わせした日が近づいた。正助は、湯の川地区の運命に関わる話かと身構え緊張していた。正助は出発に先立って万場老人に意見を聞いた。

「県議会の動きは聞いておる。ハンセン病は恐ろしい伝染病だから隔離せよというのが、県議会の空気らしい。湯の川は草津の温泉街に接していて非常に危険だというのだ。今度の牛川知事は非常に立派な人物と聞くがどうやら同じ考えをもっているらしい。偉い人にも無知と偏見があるのじゃ。湯の川地区の歴史と意義、そしてわれわれの決意を県議会に分かってもらわねばならぬ。そのために、森山さんは重要な人物じゃ。お前の役割は大きいぞ」

「俺には、大変過ぎる仕事ですね。不安です」

「なんの。飾らず力まず、思うことを伝えればよい。シベリアの体験を思えば何でもあるまい」

万場老人はきっぱりと言った。それから数日が過ぎたある日、正助は県会議長室で森山と向き合っていた。イエスを学んでいることをリー女史が伝えていたせいか、正助は森山の態度に親しみを感じた。森山は歩み寄り口元に微笑を浮かべて言った。

「正太郎君は元気かな」

「はい、いたずらで妻が手を焼いています」

「は、は、は。利発で将来が楽しみじゃ。ところで、湯の川地区のことだが、世の流れは複雑じゃ。国の方も関心を示し始めた」

「湯の川地区が動くとか、なくなるとかいうことがあるのですか。私たちはとても心配です」

「うむ、わしは湯の川地区を訪ね、君たちの話を聞いて、あの集落の素晴らしさを知った。その後、調査もして、君たちの言っている意味がよく分かった。マーガレット・リーさんがあれほど魂を入れ込んでいることも重視しなければならぬ」

「もし、湯の川地区が解散とか移転とかいう方向なら私たちは闘わねばなりません」

　正助の気迫を受けて森山抱月の目が光った。

「勇ましいことを言う。何か最近変化がありましたか」

「ドイツ人宣教師のカールさんという人が韓国から来て、リー先生たちと一緒に、カールさんの話しを聞き大変勉強になりました」

　正助は、カールが「生きるに値しない命」というドイツで最近出た論文について話したことを語った。そして、リー女史がこの思想についてキリストの教えに反することだと怒りを示した姿に心を打たれ、それがきっかけでキリストについて勉強を始めたと述べると、森山は立ち上がって正助の手を握って言った。

「感動的な話ですな。その思想については私も教会を通して耳にしておった。キリスト教の立場から許し難いのはもちろんですが、宗教を離れた人道上からも許せない。将来、日本とドイツが手を握るようなことがあれば、日本はこの思想に強く影響を受ける可能性がある。それにしても、この思想がきっかけとなって、君がイエス様と出会ったとは、不思議なことだ。湯の川地区のことは、このことからも疎かにはしませんぞ」

森山の口元には静かな決意が表れていた。

正助は、湯の川のことは疎かにしないという森山の口元を見詰めながら、その真意は何かと思った。出発前の万場軍兵衛の言葉を思い出したからである。そこで正助は自分たちは湯の川の光を育て人間らしく生きる決意を強く持っている。だから、そのことに反する移転には強く反対すると述べた。森山は大きく頷いてみせた。

「君の考えはよく分かった。承知していたが改めて確認したまでじゃ。ところで、正助君、君には今日もう一つ大切な仕事があるのだ」

森山は、ほほ笑みながら切り出した。

「何でしょう」

「今日、牛川知事が君に会いたいと言っている」

「えっ、県知事様が何で私に」

「うむ、牛川知事は立派な人物でな、湯の川地区のことには重大な関心を持っておられる。先般君たちが県議会に来た様子を耳にしたそうだ。そして、このたび、ぜひ君に会いたいと申されておる。シベリアのことにも強い関心をもっておいでだ。では、知事が待っておられる。行くとしよう」

正助はえらいことになったと思った。

森山に案内されて知事室に近づくと秘書らしき人がドアの前で待っていた。

「やあ、この若者ですか。森山先生が草津まで行かれて会われたという人は。お座りください」

知事は手を差し出して正助に椅子を勧めた。

正助はたった今、知事室に来る途中、森山から、この知事は富山県出身、東京帝大出の傑出した知事だと聞かされたばかりなので、その緊張は大変であった。しかし、牛川知事の如才ない対応は正助の心をすぐにほぐした。

「湯の川地区には、ハンセン病患者による患者のための自治の組織があると聞きますが左様ですか」

知事は単刀直入に質問した。正助は、湯の川地区のことについて真剣に語った。直前に森山に語ったことをしっかりと伝えたのだ。ハンセン病の光のことは特に丁寧に語った。正助の胸に、さや、正太郎たちの姿があった。

「うーむ。群馬の誇りとすべきことであるな」

　知事は頷きながら正助の顔に鋭い視線を注いだ。群馬の誇りという言葉が胸に深く届き、正助は熱いものが湧くのを感じた。知事の質問は、さらにマーガレット・リー女史のこと、シベリア出兵のことに及んだ。正助が額に汗を浮かべながら話し終えると、知事はありがとうという表情を笑顔で示しながら言った。

「湯の川地区のこれからについて君の思いを聞かせてください」

「はい、ありがとうございます。申し上げます」

　正助は、ここが自分の正念場と思い姿勢を正した。

「湯の川地区を守ってください。湯の川地区は私たちの宝です。ハンセン病の光が放たれています」

　正助は牛川知事を見据えてきっぱりと言った。傍らで森山が静かに頷いていた。

　正助は、湯の川地区に帰って、万場軍兵衛に報告した。

「そうか。牛川知事に会ったか。着任してそれほどたっていないが既に名県令とのうわさが出ている。大震災後の財政の難局を緊縮財政で乗り切る決意を示している。知事への信望がなければまとまらないことだ。それからもう一つ、県庁舎の改築を決断した。これは、初代の楫取県令以来の懸案に断を下したことを意味する快挙なのじゃ」

万場老人の声には熱がこもっている。正助は難しいことは分からないが、偉い知事に会ったのだということに今更ながら驚いていた。万場老人は正助の真剣なまなざしを確かめるようにして続けた。

「実はな、県庁は初め高崎に決まりかけていたのを楫取県令が強引に前橋に持ってきた。高崎市民は怒って裁判まで起こしたが動かなかった。以来、高崎は長い間、この問題にこだわっている。県庁舎は県政の殿堂であり、県民の心のよりどころじゃ。ぐらぐらしていては、県政の発展の妨げとなる。このたび、牛川知事が前橋市の10万円の寄付を受け入れて、県庁舎改築に踏み切ったことは、積年の問題に決着をつけることを意味する。県議会では高崎出身の議員を含めて誰も反対しなかったという。これは一重に牛川知事の人徳じゃ。恐らく楫取と並ぶ名県令との評判が出ることであろう。正助よ、お前はこんな偉い知事に会ったのだ。このことはきっと、湯の川のためになるに違いない」

万場老人はきっぱりと言った。

第五章

万場老人は語る

一、お品とお藤

年を重ねて万場老人は時々、体力の衰えを訴えるようになった。時代は昭和が近づき、内外の情勢はますます風雲急を告げていた。万場老人の元へは、どこからかさまざまな情報が入るらしかった。その度に、憂える様子がこずえにはよく分かった。

ある時、老人がいつになく何か語りたげな顔をこずえに向けた。

「お前に話しておかねばならぬことがある。時を失すると取り返しがつかぬからな」

「改まって何でございますか。ご隠居様、何か怖いみたい」

「わしも、いつまでも生きるわけではない。話しておくことと、あちらへ持っていくことを分けねばならぬ」

「まあ、そのようなご冗談を」

「お前の生まれについてはあえて語らぬことがあった。お前の心の成長を待つべきと思ったからだ。その時が来たようじゃ」

こずえは万場軍兵衛が何を話すのか怖かった。湯川の音も耳に入らず身を固くして老人の口元を見守った。

「お前の家は前橋でも有数な製糸会社をやっておったが、不況の波をくらって危機に陥ってな、打開を求めて相場に手を出し、大失敗した。一家は地獄に落ちた。祖父母の悲しい出来事は、お前もうすうす知っていよう。それは語らぬぞ。今は、お前の母親のことだ。お前の母のお品と妹のお藤は双子で、評判の器量よしであった。まだあどけない少女の身で東京に奉公に出されることになった。実はお屋敷で働くというのはうそでな、2人は女郎屋に売られる手はずとなっていた。それを知って、それこそ命懸けで動いた若者がいた。お前のとこの会社で働いていた大川一太、お前の父親じゃ」

「まあ」

こずえは息をのんだ。懐かしい父親の顔がよみがえった。

「お前の父は賢く正義感の強い若者だった。しかしな、差別された一族の出であることを悩んでいた。そういう背景の中で、わしゃ森山抱月さんと交流があった。お前の母たち姉妹が大きな借金のために売られると知った時の一太少年の動きは目を見張るものがあった。女郎屋に乗り込んで袋だたきにされたこともあった。しかし、それで事態は動いたのじゃ。森山さんの組織が重要視して行動した。廃娼運動で実績を上げた救世軍の組織と知って、女郎屋の方は大きな社会問題になることを恐れた。かつて、救世軍が娼婦の救出に懸けた執念はすさまじかった。女郎屋にとってまさに天敵。その記憶は彼らから消え去るものではない。お前の父が受けた傷害を警察が取り上げたことも効いたであろう。ついに姉妹は危ないところを救出された。感激したお品が激しく泣いたのをわしは忘れられぬ。それは、お前の父と母の出会いであった。あの事件がなければ、お前もこの世に居ないであろう。お前の父が海底洞窟にのまれたことは前に話したが、お藤がどうしてもと言い張って、洞窟に入って運命を共にした理由がよく分かるであろう」

万場老人の話は衝撃的で、その一語一語はこずえの胸に、湧き出す泉の水のように広がるのであった。

「湯の川で、森川様が初めて私を見て大変驚かれた訳が分かりました」

「うむ。お品の子が成長した姿を見て、いかにも感慨深げであった。じゃがよいかな。わしがここでお前に言いたいことは別にある。よく聞くがよい。わしの人生は差別との闘いだった。お前の父もそうであった。しかし、人間の本質はそんな上っ面のものではない。マーガレット・リーさんが財産と命をなげうって闘っているのはこの人間の本質を信じるからじゃ。ドイツ人のカールさんが生きるに値しない命について熱く語ったのも同じ、人間の尊さを知るからじゃ。お前に言いたいことは、父のことを決して引け目に思うことなく、大きな誇りにせよということじゃ。お前の母は夫のことを大変尊敬しておった。妹のお藤も同様だった。あの海底洞窟に入ったのも、少女のころ助けられたことへの恩返しだけでなく、義兄を心から尊敬していたからに違いない。今日は、お前に関することをお前だけに話したかった。ほっとしたぞ。胸につかえていたのだ。後は、正助などそろったところで話すことがある。今日は、ここまでじゃ」

それからしばらくして万場老人から声がかかりいつもの人たちが集まった。老人がおやという目を向けた。その視線の先に見慣れぬ女の姿があった。老人の表情に気付いた正助が言った。

「市川とめさんです。赤ちゃんを連れてこの湯の川に来て、生きることの大切さを知った人です。仲間に入れてやってください」

正助とさやは、かつて幼い娘を殺して自分も死のうとしていたとめを偶然助けた出来事を思い出し、この勉強会に誘ったのであった。

「おうそうか。大切な同志ですな。歓迎しますぞ」

老人はうれしそうに言った。

「正助が初めてここを訪ねた時のことを思い出す。お前は、あの時、ハンセン病と闘って人間として生きるために湯の川の歴史を知りたいと言ったな。わしは驚き、そしてうれしかったのだ。わしはあの時、確かハンセン病の光を語ったはずじゃ。あれから歳月があっという間に過ぎた。この間の世の中の変化は目を奪うばかり。われわれハンセン病の身も、社会の動きそして世界の動きと結びついていることを正助の体験からも知った。わしも、お前たち若者にずいぶんと教えられたのだ。わしは今、老いの身で決意したことがある。それは、われらが経験したことをバラバラにしておくのでなく、一つにつなげて理解することが力になるということじゃ。そのために、わしの知識が役立てばと思うぞ」

　そう言って、老人は、分かるかなという目で一人一人の顔をのぞき込んだ。

「賛成、その通りだと思います」

　正助がすかさず言った。正助はそれに応えて大きく頷く老人の顔を見ながらさらに続けた。

「先生に、尋ねたいと思っていたことがありますが、いいですか」

「おお、何でも聞くがよい」

「俺は朝鮮で不思議な経験をしました。ハンセン病の集落の頭は、先生と浅からぬご縁があって、こずえさんのおばさんと結婚されたと申しました。その人とこずえさんのお母さんは双子だそうで、そのお子さんの明霞さんが草津に来たなんて本当に不思議です。これらは草津、そして湯の川とどうつながっているのでしょうか」

「うーむ。いずれ話さねばと思っていた。その時が来たのじゃな。よく聞いてくれた。話そう」

　万場老人は、そう言って目を閉じ、そして開くと過去をたどるように遠くに視線を投げた。何が語られるのか、静寂が辺りを覆っていた。

二、ハンセン病の頭、鄭東順

「明霞の父となる鄭東順は昔、吾妻の鉱山で働いておった」

「まあー」

　と押し殺した声にならぬ声を発したのはこずえであった。

「朝鮮の虐げられた人々を束ねる家の若者だということは秘密であった。そういう素性だと知れると、警察などから何かと目をつけられるからじゃ。半ば、強制連行されてきたらしい。日本では朝鮮人ということで差別されひどい目にあっていた。眉目秀麗の好漢で学問もあり、控えめに振る舞っていたが朝鮮人の中で異彩を放っていたという。ある時、この若者は白砂渓谷に何かの作業に来て谷に落ちて大けがをした。そこでわしの一族が六合で医者をやっていたので治療することになった。医師は、男の裸を見たとき、腕に斑点がありハンセン病の兆候だと気付いたが警察に届けるようなことはしなかった。鉱山の方から、何としても助けるように要請があったと聞く。この時、献身的に看病したのが後に明霞の母となるお藤であった。実はな、正助に話すのは初めてのことじゃが、お藤は昔、ある事情から、だまされて女郎屋に売られるところを助け出されたのじゃ。お藤は女郎屋から助け出された後、わしの縁者の医者の所に身を寄せていたのじゃ。お藤は医者と共に現場に走った。目も見えない状態で運び込まれた時、

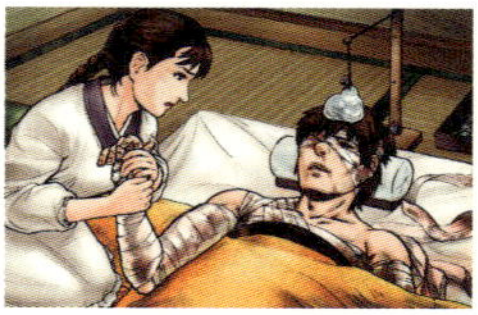

若者はお藤の手をしっかりと握りしめていた。お藤は、前橋まで薬を取りに走ったり、草津へ氷を取りに行ったり、夜も寝ないで看病した。意識を回復した時、鄭東順は涙を流して感謝していた。２人の心はその時一つになっていたに違いない。鄭が韓国へ帰れることになったとき、お藤は離れたくないと言った。誰も止めなかったのだ」

「ご隠居様、まるで、お話の世界のようね」

こずえの頬は紅潮していた。こずえだけではなかった。誰もが不思議な世界に引き込まれたようにじっと耳を傾けていた。

「ご隠居様、お話に力が入って、興奮されている御様子。あまり疲れてはお体に毒。今日はこまでになされては」

こずえの声に万場軍兵衛はうれしげに頷いた。こずえは自分の身にも関わるこの重大な秘密をあらためてしっかり聞きたかったのだ。

「話したいことは山ほどあるぞ。しかし、ここまでじゃ。この次はわれわれの運命に関わる社会の変化を話さねばならぬ」

次の集まりでは顔ぶれに変化が見られた。マーガレット・リーと大門親分が参加したのだ。

万場老人は一同を見て、これはこれはという表情で言った。

「今日は、世の中が急激に激しくなって、われわれがますます肩身が狭くなっている話をせねばならぬ」

「難しいお話らしいわね」

　こずえは皆に気をつかっている様子である。

「前に、リー先生も参加して、ドイツ人のカールさんが『生きるに値しない命』という考えを問題にして皆で憤慨したことがあったな」

　万場老人の視線を受けてリー女史が頷いた。

「あれが、われわれに強く関わる思想だとますます感じるようになってきた。じわりじわりと迫ってきおった」

「どういうことですか」

　リー女史が驚いた顔で言った。

「日本が戦争に向かっている。経済が非常に悪い。こう言えば分かるであろう。戦争に参加できない者、工場や田畑で働けない者は、税金だけかかるお荷物ということになる。日本はドイツのように、無用の人間を殺したりしないが、税金の無駄遣いという声が聞こえてくるようじゃ。誠に辛い」

「ドイツの危険思想をただ非難するだけでは済まないということなのね」

　リー女史の目つきが厳しくなっていた。

「そうじゃ、あの時は、そんな考えは間違っていると攻撃したが、ではどうしたらよいかを論じなかったのじゃ。弱ったものだ」

「難しい理屈は分からねえが、この湯の川のように自治会があって、リー先生のような支えがある所は、お上に頼る部分が少ねえから上等だと思うが」

大門の親分が言った。

「その通りじゃ。ところが、この湯の川地区の将来も最近不安になってきた。誠に重大な問題なのじゃ。湯の川地区の移転と解散につながることだ。腰を据えて対策を考えねばならぬ」

「えっ、そんな深刻な問題があるとは聞き捨てならねえ。じっくり聞かせてもらいてえもんだ」

大門親分は身を乗り出して言った。

「あまりに大きな問題じゃ。いずれ話そう。そして、じっくり取り組むことにしよう」

他の者たちも不安を顔に表しながら頷いた。

「とにかくじゃ、ハンセン病の患者にとって、最大の敵は戦争なのだ」

万場老人は語気を強めて言った。

「どういうことですか。もう少し詳しく教えてください」

正助が問う。

「よいか。重要じゃが単純なこと。戦争になれば、国民は皆協力しなければ非国民と言われる。

国の乏しい税金は戦争に使わねばならない。ハンセン病のために使う余裕などないということになる。しかも、ハンセン病の患者は病気を広めて戦力をなくす。国辱と言われるのだ」

「ああ、もうやめてください。分かり過ぎるくらい分かります」

　さやの声であった。

「わたしたち、どうしたらいいの。どうなるの」

　こずえがさやの手を握って言った。

「うむ。確かにわれわれは世界の波にもまれているが、遠くばかり見てもしようがない。大切なことはこの湯の川を守ることじゃ。理想のハンセン病の里で自治会は続いている。ハンセン病の光は消えていない。リー先生のような方が支えてくれるのもその現れだ。我々が助け合って頑張ることは、親分が言うように世間のお荷物にならぬことを意味する、そう思わんか。われわれが必死で頑張る姿は世間に勇気を与えるはずじゃ」

　これを聞いて正助が顔を上げて言った。

「先生、世の中に勇気を与えることができるなんて。俺たちが世間の役に立つなんて信じられないようだ」

　万場老人は大きく頷いた。そして老人はさやに視線を移して言った。

「ところで正太郎君は元気か」

さやが頷いて何か言いかけた時、リー女史がそっと手を挙げて言った。

「あなたたちご夫婦の勇気をずっと見守っていました。さやさんは立派な子どもをお産みになった。正太ちゃんこそ、ハンセン病の光が生んだもの。いえ、光そのものだと思います」

「あなたたちに励まされ、正太ちゃんの元気な姿に勇気付けられて、お子さんを持つご夫婦が出て来たのです。お子さんたちがすくすく育つ姿は、ハンセン病が遺伝病だという迷信を破る証拠になるに違いありません。素晴らしいことです」

さやは泣いていたが、涙を拭って言った。

「皆さんに助けられたからできたことです。聖ルカ病院の先生に教えられて京都大学へ行き、偉い先生に会って遺伝病でないことを確信できたのも皆さんのおかげです。正太郎が今、すくすく育っているのも皆さんのおかげ、そしてこの集落のおかげです。私は本当に感謝しております」

「私にも一言」

そう言って、そっと手を挙げたのは市川とめであった。

「私は子どもをこの手で絞め殺そうとしていたところをさやさんご夫婦に助けられました。あの時、さやさんが、子どもを殺すのでなく、子どもを生かすために命を懸けるのよ、そこに生きる喜びが生まれるのよと言ってくれたことが耳にこびりついています。その通りになりました。これも、この湯の川だからできたことと今、分かりました。本当に、私、ありがたくてありがたくて」

「ほおー、そういうことだったのか」

万場軍兵衛が驚いたように言った。そして、万場老人はさや、とめ、こずえ、正助と一人一人の顔を見詰めると、何を思ったか視線を落として口をつぐんでしまった。人々は何が起きたかといぶかった。不思議な沈黙が一瞬流れた後、老人は口を開いた。

「実は、皆と話していて心に生じたことがある。今日は、済まぬがここまでにしてくれぬか」

人々は老人が疲れたものと思い笑顔で頷いたが、正助だけは老人の視線に何か違うものがあることを感じていた。

三、万場軍兵衛の過去

2、3日後、正助は万場老人に呼ばれた。

「実はな、わしは人生の幕引きを考えて、いろいろ話そうとしたのじゃ」

万場老人は正助の顔を見るなり切り出した。

「えー。そうだったのですか。先生、幕引きなんて寂しいですよ。俺たちの指導者じゃないですか」

「うむ。しかし、さやさん、とめさん、正太郎君、みんながこの大変な時代に真剣に生きていることを見せつけられて、わしは考えを変えたぞ。湯の川の歴史を知りたい。人間として生きたい。そう言って、わしを訪ねたのは正助、お前だったそして、わしは初めてハンセン病の光を口にした。これらのことを振り返ってな、少し位年を取ったといって旗を巻くのは恥ずかしいと気付いたのじゃ。この光を生かして命の火を燃やさねばならぬことに気付いたのじゃ。人に話すことではない。しかし、私の人生の何度目かの出発にあたり、お前に話さねばならぬと思って、今日は来てもらったのだ」

　重大な雰囲気に正助は身を固くし姿勢を正して座り直した。そして、何が語られるのかと万場老人の口元を見詰めた。

「人間は精神の生き物。精神は年とともに豊かにすることができる。わしは、こういう身になって、いわば隠れて住むようになった。年をとったから引退というのは肉体活動を続けた人が言えることで、わしなどは口にする資格はない。それに気付いたのじゃ。は、は、は」

　正助は、先日の老人の思い詰めた表情を思い出し、納得した気持ちになって言った。

「先生の後ろの書物の山、すごいですね。さやが京都大学を訪ねた時、小河原先生の研究室が同じように本でいっぱいで、ここと様子が似ていてほっとしたと言っています」

「ほう、そうであったか。今日は、私の身の上を少し話さねばならぬ。風に飛ばされる浮草では信じられぬじゃろうからな。は、は、は」

万場老人はそう言って、決意を固めるかのように言葉を止めた。そして口を開いた。

「実はな、万場軍兵衛というのは本名ではない。この湯の川でも多くの者が本名を名乗っていない。身元が知れて縁者に迷惑がかかるのを恐れる故じゃ。この湯の川の偉いところは、偽名を承知で受け入れ、仲間にすることじゃ。お前には真実の絆をつくるために今日は思い切って話すつもりだ」

正助は黙って老人の目を見た。偽名は通常のことだから驚くに当たらない。その上に、この人は何を話そうというのか。背後の天井に届くほどの書物の山がこの老人の謎を静かに語り始めようとしているように見えた。

「わしの本姓は湯本じゃ。祖先は白砂川のほとりの集落でな、父の代に東京へ出た。わしは東京帝大に入った。天下を取ったような意気軒高たるものがあった。寮におってな、酒を飲むと皆で寮歌を高唱したぞ」

驚いたことに、老人は正助の前で声高らかに歌い出したのだ。目を閉じ、昂然《こうぜん》と胸を張る様は、昔の学生時代に立ち返っていることを物語っていた。正助は老人の中に若い心が息づいていることに感動した。

「大学を出て、官庁に入り、何年かして結婚した。全てが順風満帆に見えた。しかし、黒い転機は突然にやってきた。腕に妙な斑点ができて不審に思っていたが、深刻には考えていなかった。省内の健康診断でレプラだと分かった時は天地が覆るがごとき驚きだった。大地がぐらぐらと崩れていく。目の前が真っ暗となった。妻とも別れ、役所も去る決意をした。将来の事を考えると途方に暮れてな。夜、上野の不忍池を何度も回った。何回目かの時、思い切って東大の構内に足を踏み入れた。不忍池から道を一つ隔てた一またぎの所が東大の裏門で、そこを入ると坂の上に東大病院の建物が黒々と広がっていた。ここを過ぎるとな、安田講堂じゃ。大きな時計台の建物が黒い巨大な怪物のように立っている。わしはなぜかそこを目指していた。東大とも別れを告げる意識があったのかも知れん。医学部の建物を過ぎようとした時、はっとひらめくものがあった。それは、ベルツ博士だ。ドイツ人の高名な医学者で、東大で教えていた。ハンセン病を研究しているとのことだ。わしは、何かを求め、わらにもすがる思いでベルツ博士に会う決意を固めたのじゃ」

万場老人の話に正助の胸は躍った。

「どきどきしますね。ベルツ博士は確か草津にも来ていますね」

「うむ、そうじゃ。わしは恩師の紹介でベルツ博士に会うことができた。驚いたことにな、べルツはわしがレプラにかかったという話を聞くとすぐに草津の湯を語り出したのじゃ。博士が言うには、草津の湯は強い酸性で結核によく効く、結核菌とらい菌はよく似ている。だから草津の湯はハンセン病にも効くはずだと。草津といえば、わしの祖先の地。ハンセン病に効く話は聞いていたが、高名な医学者に言われて、強く動かされたのじゃ」

「ははあ、それで先生は湯の川に来たのですか」

「ここにたどり着くまでには、ずい分悩み、時間がかかったが、まあ、結論はそうじゃ。ところでな、ベルツはわしに大変重要なことを教えてくれた。お前には、今日それを伝えたい」

　万場老人は、ここで話すのを止め、茶をすすった。正助は、老人が何を語るのか固唾をのむ思いで待った。

「ベルツ博士は語った。ハンセン病は非常に歴史が古い。ハンセン病とどう向き合うかは人間性の問題だ。ハンセン病にはどこの国でも迷信と偏見がつきまとっている。無知が迷信と偏見を生む。また、社会の仕組みが無知と迷信を作り出す。こういうのだ。そして、博士は草津へ来て、共同浴場でハンセン病患者と一般の人が一緒に入っている様に腰を抜かすほど驚いたと申す。そして、わしにこう申したのだ。日本の最高学府で学んだ君がレプラにかかったことは、君にとっては誠に気の毒であるが、社会のためには重要な意味がある。自分のため、社会のために、レプラと向き合って闘ってみてはどうか、と。はい、そうですかと簡単に答えられる問題ではない。でもな、ベルツ博士の言葉はなぜか私の心を強く揺すった。草津には何かがあるに違いないと思い、この湯の川に来たのじゃ。立身栄達とは無縁となったが、湯川の音を聞きながら、好きな書を読み、物を書くことにひそかな喜びも感じられるようになった。それに、お前たちが集まるようになってからは、人と交わりハンセン病という社会問題にも関わるようになった。今、わしは自分の人生を噛み締めておるぞ。東大、そして、ベルツ以来のことを話して、湯の川の移転や解散に揺れる今、残りの人生がますます重要に思えてきた。正助頼むぞ」

「先生、よいお話をありがとうございました。俺の胸に大きな勇気が湧いてきました」

「それはうれしい」

こう言って2人は強く手を握り合った。

四、法・「癩《らい》予防に関する件」

正助は万場軍兵衛の不思議な過去に感動した。次に会った時正助は高まる気持ちを抑えて言った。

「先日、先生はとても気になることを言いました。この湯の川の移転とか解散につながることがあると。俺は、そのことがとても気になっています。一体、どういうことなのですか」

「うーむ。重大なことで、われわれの前に立ちはだかった大きな壁じゃ。国がある動きを始めようとしている。ハンセン病の患者を集めて収容しようという動きなのじゃ。癩予防に関する件という法律が根拠になっておる。実は群馬県議会にも関係した動きがある。わしは、古巣の中央の官庁の友人からひそかに情報を得て調べておる。われわれハンセン病の運命に関わることじゃ。ただ、流されるだけでは絶対にいかん。闘わねばならん。そのためには、情報を共有し、心を合わせねばならぬ」

　万場老人はそう言って、正助の顔を鋭く見据えた。

「前回、ベルツ博士のことを話したな。博士は最高学府を出たわしがハンセン病にかかったことには意味があると申された。その時は漠然と受け止めていたが、最近核心に近づいていることを感じるようになった。そして、わしの使命が明らかになってきたのじゃ。われわれの運命に関わる問題が目の前に現れたために、わしの使命が分かったのじゃ。それはこの大問題と対決することなのじゃ。わしは、老骨にむち打って頑張るつもりじゃ。よいか、力を合わせるのだ」

「分かりました。俺は無学で難しいことは何も分かりませんが、先生の言う通り一生懸命動きます。そして、一生懸命勉強します」

「おお、よくぞ申した。この湯の川で暮らしたことが重要な意味を持つことが分かってきたのだ。この湯の川で暮らした体験を生かして、ハンセン病の光を育てるのじゃ。ハンセン病の人々の生きる力を育てるのじゃ。お前が大陸へ行って経験したことも生きるのじゃ。そうそう県議会へ、お前たち家族が行ったこともきっと生きるぞ」

老人はきっぱりと言い放った。万場老人は決意を固める表情で切り出した。

「ハンセン病の問題が新たな局面を迎えようとしている。ここで大切なことは問題の根っこをつかむことじゃ。わしは、お前にわしの過去を語ったことで踏ん切りがついた。難しい問題を易しく説いて情報を提供する。そして、この根っこを明らかにする。これがわしの第一の使命と考えるに至った。そこで行動に移さねばならぬ。第一歩を踏み出さねばと思うに至ったのじゃ。正助よ、いつもの人たちを集めてくれ、欲張らずに一歩一歩前進する決意じゃ」

「先生、分かりました」

正助は、万場老人の秘密を最初に知った者として大きな誇りを持っていた。集まった人々の中には、マーガレット・リー女史もいた。

「今日は、難しい法律の話。われわれの運命を縛っておる法律の話じゃ。覚悟して聞いてほしい。われわれハンセン病の患者は、さまよえるごみ、嫌われる社会の汚物。このごみを、そして、ごみや汚物を集めて管理しようとするのが、これから話す法律の目的じゃ」

万場老人はそう言いながら傍らの書類の山から1枚の紙片を引き出した。

「これじゃ。明治40年につくられた、癩予防に関する件という法律で、法律第11号とある。われわれ患者が最も恐れる消毒もこの法律に定められておる。この消毒で古里を追われた者は、この湯の川にも少なくないはず」

この時、さやは、唇をかんで下を向いた。福島の実家の悲劇が頭によみがえっていたのだ。さやがハンセン病と知られ、大掛かりに調査されたことにより、姉は離縁され井戸に飛び込んで死んだ。ああ、あの忌まわしい出来事の元を定めた法律のことか、と思うとさやは頭を上げることができない。

「この法律の根幹、つまり、根と幹を説明しますぞ。法律は本来、国民のものだ。この場合、最も関わりが深い国民とはわれわれ患者であるぞ。その患者が誰もこの法律を知らぬとは何ごとか。悪い法律なら、それと闘わねばならぬが、知らなければ闘いようがあるまい。もっと早く話すべきであった。わしの怠慢であった」

万場老人の声にはいつもと違う力がこもっていると感じられた。正助はこれが東京帝国大学で学んだ力なのかと、老人が大学の寮歌を歌った姿を思い出していた。「この法律はな、医者がハンセン病患者を診断した時は患者と家人に消毒を指示し、かつ3日以内に届け出よと定めておる。国の法律だから、これで全国が一斉に動きだす。患者の取り締まりには警察が中心となる仕組みなので、どの県でもそれが可能となるように知事の命令が定められた」

　万場老人はそう言って、さらに別の書類を引き出した。

「当時の群馬県知事は神山順平。警察に次のように命じておる。つまり、ハンセン病の患者名簿をつくり、患者の届け出があった時には、直ちにその名簿に載せ、その謄本を知事に提出すべしというのじゃ。あの法律ができてから年月が過ぎ、この法律の威力と恐怖がますます高まってきた。弱ったことじゃ」

　万場老人は手に持った書類を脇に打ち付けるようにしながら言った。

第六章

帝国議会の場で

一、帝国議会の動き

反骨の闘将あるいは吾川将軍と言われた木檜泰山は、大正9年衆議院議員に当選し、帝国議会に乗り込むことになった。かつて、群馬県議会で政友会という政党色をむき出しにした知事、大山惣太と激しく対決した熱血漢である。

木檜は自分の地元問題である湯の川地区を国会の場で正面から取り上げることに強い使命感を抱いていた。時代は国内外とも激しく動き、風雲急を告げていた。国は戦争に備えて国内を引き締めるためにも、ハンセン病患者を特定の場所に閉じ込めようと考えていた。その根拠となるのは、明治40年の癩予防法であった。一方、湯の川地区は、伝統的に歴史を築いてきた自治の理想を時代の流れに抗して守ろうとしていた。

こういう流れの中で、木檜泰山は、第50回帝国議会に「療養理想村補助に関する建議案」を提出する。木檜は、この議案を審議する委員会の委員長に選任され、提案者として説明することになっていた。この委員会で、質問に答える政府答弁者は、内務省の山田衛生局長だった。代議士が国会で発言する場合に、政府委員の準備は大変であった。そのやりとりが一国の政策に大きく関わっていくのだから、それは当然であった。

山田局長は、木檜が扱う問題が草津湯の川地区に関するものであることを知って、心中ひそかに期するものがあった。木檜は、湯の川地区を理想の療養村と位置づけ、そのための国の補助を求めようとしている。しかし、それは国が進めようとしている方向とは必ずしも一致しない。答弁には注意しなければならない。そのためには、湯の川という所の実態を知らねばならないと思った。

山田局長は部下の課長に命じた。

「群馬の草津にある湯の川地区の実態を調べてほしい。近くに迫っている委員会の木檜代議士の発言に備えるためだ。そればかりでなく、これからのわが国のハンセン病対策に大きく関わることになりそうなのでしっかり頼む。そして、この湯の川には万場軍兵衛という人物がいる。面白い経歴と体験の持ち主なのだ。この男、昔、東京帝大を出てこの内務省に入ったがレプラにかかって辞めた。ベルツ博士とも交流のあった人物で、内務省はひそかに相談に乗ってやったこともある。最近は内務省が重視している人物だ。確かな男で、湯の川の実態を正しく語れる人はこの人物をおいて他にいない。これからハンセン病が社会の大問題になる時、重要な役割を果たすことになるだろう。必要があれば、君が直接出向いてくれたまえ」

課長は、西村数馬といった。局長の話を聞いた西村は事の重大さを察知して直ちに動いた。彼は群馬県の担当課を通して万場軍兵衛に連絡を取り、会見の日時場所を決めた。その際、住民の生活の実態も知りたいので形式張らない会見にしたいと申し添えた。

その日がやってきた。場所は山田屋の一室で、集まった人々の顔ぶれには、万場老人の他に、正助、さや、こずえがおり、驚いたことに森山抱月の姿もあった。万場老人の配慮であった。国の役人がわざわざ湯の川に来たというので、人々は何事かと緊張していた。それを察したかのように役人は笑顔をつくって言った。

「内務省の西村数馬と申します。この地の木檜泰山先生が、国会で、この湯の川のことを取り上げられます。そこで、よいお手伝いができるようにと勉強に来ました。よろしくお願いします」

そして、万場老人に丁寧に頭を下げて言った。

「万場先生でございますか。上司の山田衛生局長から先生のご経歴をお聞き致し、驚き感動致しました。私どもの大先輩でいらっしゃいます。どうかご教示の程お願い申し上げます」

「何の、遠い昔のこと。夢中で生きて来ただけじゃ」

「ここへ来て、皆さんを前にし、まず感じました。私たちが役所で取り組んでいるのは、表面のことで軽い。しかし、ここには重い実態があるということです。そして、皆さんの姿こそが私たちが知らねばならぬ真実なのですね。万場先生はこの真実に身をもって取り組んでこられたから、あなたは仕事の上でも優れた先輩でいらっしゃいます」

西村課長の言葉は理屈っぽく響くが、その言葉に乗ってこの人物の誠実さのようなものが人々の胸に伝わってくるのであった。正助は自分が何か発言することが重要なのだと直感して、妻と力を合わせて正太郎を育てたこと、シベリア出兵のこと、そして、ハンセン病の光のことなどを話した。

正助の話をじっと聞いていた西村課長は言った。

「ハンセン病の光とは、助け合いの中から生まれる生きる力のことなのですね。ハンセン病というと暗いイメージばかり描いていました。大変失礼な言い方ですが、皆さんは人間として立派に生きておられる。患者の皆さんの心はレプラに侵されていないということを知りました」

これを聞いて万場老人が言った。

「社会の無知と偏見が差別を生み、それが患者の精神までも侵し、暗くいじけたものにしてしまうのじゃ。間違った法律や制度が偏見と差別を助けてしまう。このことを中央の役人に知ってほしい。国の政策をつくり、それを実際に動かすのは役人の皆さんなのだからな」

万場老人は西村課長の目をのぞき込むようにして言った。

「わしにも一言」

そう言って発言を求めたのは森山抱月であった。

「私は、森山という県会議員です。木檜先生とはかつて群馬の県議会で同僚の間柄でありました。私は、この湯の川地区の皆さんに大変学ぶことがありまして、行政の上で大いに役立ったのです。実は、今発言した下村正助くんの一家を県議会に招いて話してもらったのです。かわいい坊やが元気に発言した姿に、議員たちは感激したのです。そして、ハンセン病の人たちが助け合って生きる姿を初めて知ったのです」

森山抱月県議はわが事のようにうれしそうに言った。

「ほお。それは貴重なお話ですね。木檜先生がどういうお気持ちで何を語られるのかが分かる気が致します。今日は大きな収穫がありました」

西村数馬は深く頷いて言った。

「お願いがござる」

万場軍兵衛が改まった声で言った。

「あなたの来訪によって、本省との貴重なつながりができました。これを今日限りのものとせず、この湯の川地区のため、今後に生かせるものにしたいものじゃ」

「はい、万場先生。もちろんでございます。行政に携わる者として大切な現場を知る機会を得たのです。私の方こそお願いする次第です」

西村は、ずしりと手応えのある成果を得た思いで湯の川を後にした。

二、木檜泰山の発言

第50回帝国議会におけるハンセン病に関する委員会は、大正14年2月26日開議となった。議題は、療養理想村補助に関する建議案。提出者は木檜泰山である。

「それではまず、提案者のご説明を願います」

促されて木檜泰山は登壇した。木檜は、湯の川に国の補助が欲しいと訴える。そのため湯の川の現状を説くのである。

「昔から草津の湯はハンセン病患者によろしいというので療養に四方八方から参ります。年々増えて、今日では５００人もおります。これらの人々は、最初は相当の療養費を持って参りますが、２、３年後には郷里からの送金も絶え、何としても致し方がないのでハンセン病患者でありながら筋肉労働をして自分の病を治療しようとする者もおります。貧のどん底に陥る者もおり、それは誠に見るに忍びない状態であります。ところで、これに対しどこからか補助があるかというとどこからもないのであります」

木檜は、このような窮状者を多く抱える湯の川地区が素晴らしい自治の団体であることを訴える。だから国が援助の手を差し伸べよという論法なのだ。帝国議会で草津のこと、そして湯の川地区のことが格調高く語られることは驚くべきことであった。

「湯の川の状態を見ますと、これは法律的には村ではないが、事実上一種の村をなして居ります。区長、副区長がおり、評議員が8名もおって、これら役員を選ぶについては、男女の別なく住民は投票権を持っております。その投票の資格はというと、ここに来て住む人というだけでよいのであります。また、さらに、湯の川の注目すべき長所があります。それは戸籍上の調査をしないということであります。ハンセン病患者になるとそれは、一家親族の体面に関わる、特に結婚の妨げになる。だから、草津へ行く者は大抵偽名で行くのです。集落はそれを許しておくのです。中には、帝大を出たような知識階級の人も居りますが、皆偽名のままで許しているのです」

この時、議員の間に静かなどよめきが起きた。それを確かめるようにして木檜の訴えは続く。
「ところが、国立の療養所は、警察官の身分証明などがないと受け入れてくれない。入った人は世間に知られることを恐れ針の筵です。だから病気が少しでもよくなると逃亡する者がたくさん出る。また、草津という所は世界的な温泉地でありまして外国人もやってきます。だから湯の川が今の状態で増え続ければ、草津の発展にも妨げになります。そこで、湯の川集落に対し、相当の設備を施し、理想の療養の村となし、これを隔離することが必要なのであります」

木檜は、ここで言葉を切った。何かを決意したように口元を引き締めて続けた。ここで湯の川地区の特殊性を強調するのである。

「私は、政府のハンセン病政策には欠陥があると思うのであります。すなわち、初めから貧のどん底にあり、治療の方法もなく放浪する患者に対しては、国はいくつも施設を設け、これを収容して相当の金を使っている。しかし、湯の川地区はこれらと状況が違うのです。人々は初めから貧のどん底ではない。ある程度、金を持って集まるが、そのうち送金も絶え、貧に落ちるというのが実情である。また、治療についても、方法がないわけではない。ハンセン病によく効く温泉という治療方法があるのです。だからといって、湯の川地区に補助を与えないのはおかしいのです」

木檜は役人席をきっとにらんだ。

「この湯の川地区が現在行き詰まっております。しかし国が補助すれば理想の療養村としてよみがえることができる。自治の療養村として光を放つ存在は文明国の誇りとなります。それなのに放任しているのは大なる欠陥であります。公衆衛生並びに人道問題としても、長い間閑却しておったのは、帝国政府として欠陥であります。この点を考慮して幾分なりの金を出して哀れむべき状態を救ってもらいたい。草津の集落を理想村として助けることは、長い間捨てておいたハンセン病患者に対する政府の政策を改めるための著手となります。この湯の川地区には、知識階級の者もだいぶ居ますから、幾分かの補助を与えれば、彼らは土地のため、国家のために貢献することができると思うのであります。故に大正14年度から補助費を支出できるよう努めて頂きたい。これが私の提案者としての意見であります」

文明の誇りという発言に大きく頷く議員の姿が見られた。

ここで山田衛生局長は、国のハンセン病政策の基本を話すことになる。木檜の提案に答えるためにそれを明らかにする必要があるのだ。

そのために、前夜、山田局長は西村数馬課長から報告を受けた。

「ご苦労でした。ほお。万場軍兵衛さんに会ったのか」

「はい。万場さんは現場で苦闘された私たちの先輩という感じを受けました。草津湯の川では、患者が助け合って生きるという珍しいハンセン病の歴史を築いているようです」

こう言って西村は、正助という若者のことや森山県議の話にも触れて、湯の川の実態を説明したのだった。

山田は、答弁席に立って語り出した。

「木檜先生のお話には核心に迫るものがございます。先生のご提案に答えるため政府が考えているハンセン病政策の方向をご説明致します。政府はハンセン病予防に関する特別委員会を設け大正9年に日本のハンセン病予防の根本の方策を決めました。主なものは3点です。第1・第2は療養の方法がなく貧しい患者対策です。そして、第1とは、一般の貧困者対象の大療養所を各地に増設することです。そして、第2とは無戸籍者とか他の患者に迷惑をかける不良性の患者を特に集める療養所の建設です。第1と第2を一緒に収容することは治安のためにも適切でないからです。そして、第3がただ今問題となっておりますことで、資力のある患者のために適当な地域を選定して自由療養区というものをつくることです。湯の川は、分類としてはこれに入ると認識しております。この点につきましては、その必要を認めながらも、主に財政上の理由から手が伸びておりません。実現する場合、どの場所が適当で、どういうことをしたらよいか等を検討し、なるべく早く着手することを切望しておる次第であります」

山田衛生局長の発言が終わると、他の委員が重要な質問をした。

「湯の川のように自治的にハンセン病患者が集まって自然の治療を行っている集落が日本にはいくつありますか」

これに対して山田局長は答えた。

「草津のように集団的に住み込んでいる所は他に承知しておりません」

質問した委員は、日本で草津だけと聞き、ほほーっと驚いた表情で頷いた。

そして、山田局長は、木檜泰山代議士の方をチラと見ながら続けた。

「実は、今回の委員会に備えて、湯の川地区の実態を少し見せて頂きました。部下の報告によりますと、木檜代議士がお話しされたように湯の川地区の住民は助け合って、自治をつくって生きておられる。他に例のないハンセン病の世界を見てわが省の者は感動し、学ぶべきものが多いと報告してきました」

この時、木檜の我が意を得たりとばかりに大きく頷く姿が見られた。

かくして委員会は終わりに近づいて、木檜が締めくくりの発言をした。

「湯の川地区に対して大正14年度より政府が相当の補助をなして患者を慰安することに御異議ございませんか」

「異議なし」

と言う声。

「ではそういうことに決定致します」

委員長、木檜泰山の声が大きく響いた。

木檜は、これで我が事成れりと喜んだが、実は彼の予想通りにはいかなかった。湯の川地区の意義、自由理想村の素晴らしさを認めつつも湯の川地区だけ特別扱いするには無理があった。

湯の川地区は、草津の温泉が使える上に自由がある。だから、ある程度資力のある患者にとって天国なのだ。従って湯の川地区の人口は増えて、草津の温泉街とは紙一重という状態に近づいていた。一方、時代は急速に変化し、温泉街には新しい層の一般浴客も増え、そういう人々はハンセン病との接触を嫌うから、膨らむ湯の川地区の存在を温泉街発展の妨げと考えることも当然といえた。

万場軍兵衛とは盟友の間柄の森山抱月でさえ、彼の説く「ハンセン病の光」の意味を理解しつつも、湯の川地区を現在の地で存続発展させることは困難と考え悩んでいたのである。

かくして、木檜代議士の提案は委員会の議決にもかかわらず実現しなかった。しかし、地元の代議士が格調高く、その胸の内を熱く訴えたことは特筆すべきことであった。この木檜代議士の提案の翌年、大正15年1月、群馬県知事牛川虎一郎から請願が出された。その要旨は「速やかに国費をもって、草津温泉を使用し得る一定の地域にハンセン病患者を収容する理想的集落を建設してもらいたい」というものであった。

三、知事の請願と木檜の建議

内務省の課長西村数馬から万場老人の下に郵便物が届けられた。請願書等の写しと共に課長の手紙が添えられていた。

「皆さまお元気ですか。過日は貴重な経験をさせて頂き感謝致しております。

あの時、万場先生が、私を通して本省とのつながりを大切にしたいと申されたこと、ありがたく重く受け止めております。国の行政の一端を担う者として、地方の現実がいかに大切かを噛

み締めております。皆さまが、国のハンセン病政策を考える上での資料をお送り致します。牛川知事の請願書、木檜代議士の建議案（質問書）、およびこれに対する政府の答弁です。木檜代議士から地元の皆さまに報告があることでしょうが、取り急ぎ検討資料として役立てばと願ってお送り致します。山田局長が万場先輩によろしくと申しております。皆さまにもよろしくお伝えください」

こういう文面であった。万場老人は内務省の課長の手紙に胸を躍らせて読んだ。それから資料に鋭い視線を向けた。

万場老人は、送られた資料を順に読み、目を閉じて考えている。

その時、戸が開いて、こずえが姿を現した。

「ご隠居様、難しいお顔をされて、国会の方で何かございましたか」

「うむ。おおありじゃ。お前に何からどう話したらよいかのう」

「まあ、そんな大変なことでございますか」

「湯川が音を立てておる。この川は死の川と言われたが、わしらから見れば、怒りの川でもあった。わしの人生も怒りの人生であり、恨みの人生であった。そう思うと、わしの人生はこの湯川と似ている。そう思って、今、湯川の音に耳を傾けていたところじゃ」

「まあ、怖いお話ですわ」

「うむ。話はこれからじゃ。よいか、よく聞くがよい。この死の川、ハンセン病の集落が帝国議会で正面から取り上げられたのじゃ。わしは自分の人生を振り返って、感無量。取り上げられたとはいえ良いことばかりではないが、頑張らねばならぬ」

「まあ、私には、どんなお手伝いができるのでしょう」

こずえが不思議そうな目で老人の顔を見詰めた。

「お前はずっとこの醜い老いぼれを支えてくれている。わしがこうして何かできるのはお前のおかげじゃ。感謝しとる。これから、この老いの身でやらねばならぬことが増えそうじゃ。すまぬが頼むぞ」

こずえは、老人の意外な言葉にうれしそうに頷いた。

「おお、そうじゃ。お前に渡すものが」

そう言って、万場老人は、書物の山の間から小さな包みを取り出した。

「実は、古い物を整理していたら、出てきた。お藤の遺品じゃ。この中に意外なものがあった」

そう言って万場老人が取り出したものを見てこずえは思わず声を上げた。

「これはお母さんが描いた子犬の絵」

母の絵だと一目で分かった。絵が好きな母は、よくこずえの前で絵を描いた。目の前の絵は母がかわいがった太郎という名の子犬に違いない。絵を描く母の姿が懐かしくよみがえるのであった。母から妹のお藤に渡ったものであった。

「お藤さんが朝鮮に渡るとき、残していったもので形見となった。実はな、お藤はこの絵と共に大変なものを置いていった」

そう言いながら、万場軍兵衛は細い紐《ひも》で結ばれた紙の包みを出した。こずえは、何事かとじっと老人の指の先を見守る。幾重にも包まれた紙の中から、1枚の古い書き付けが現われた。

「恐ろしいものじゃ」

万場老人はそう言って筆で書かれた文面に視線を落とした。

「わしも初めて見た。女郎屋の証文じゃ。お品とお藤が借金を返すまで働かせる。仕事の中身は存意に任せるとある。お前の父が命懸けで奪い返したものじゃ。お品もお藤もいない今となって、これはお前が大切にするべきもの。もっと早く発見できればよかった。お品はお前を産んだ後、結核になって、療養していたが不幸な結果となった。わしと森山さんが見舞った時、お前のことを頼むと言って泣いていた。皆、美人薄命だと言って同情した。お前は母の分まで生きねばならぬ」

こずえは、老人の一語一語に耳を傾けながら絵から目を離すことなくじっと見詰めていた。

「さあ、現実に戻らねばならぬ。この湯の川を守るのじゃ。そのために、新しい出発をする時が来た」

万場老人は自分に言い聞かせるように言った。

万場老人は、新たな行動の一歩を示すように正助と会った。

「われわれの世界が大きく動きだす。帝国議会で湯の川地区が取り上げられたからだ。われわれは、流れをただ見ているだけではならない。何ができるか考えねばならぬ。お前には特に頼みがある」

「先生、無学な俺に何ができるのですか」

正助は本当に心配であった。

「生きた学問が重要なのじゃ。お前には、この湯の川での体験がある。さやさんを妻にして正太郎を育てた。朝鮮とシベリアに出て、世界の情勢とハンセン病の事実も見た。県議会にも出掛けた。よいか。これらを単なる体験に終わらせることなく現実を考える材料にすること、それが生きた学問であるぞ。これからは、お前の学問を本腰を入れて助けるつもりじゃ。これは、先日話したわしの使命でもある。しっかり受け止めよ」

「はい、それがこの湯の川のためであり、ハンセン病の光のためなら、俺、命懸けで頑張ります」

正助はきっぱりと言った。正助の頭には、シベリアのハンセン病の集落のこと、あの恐ろしい海底洞窟のこと、後で知った、あの洞窟にのまれたというこずえの父と明霞の母お藤のことがよみがえっていた。

「よくぞ申した。そこで早速じゃが、お前に仕事を与えるぞ。ここに二つの資料がある。先日、内務省の西村課長から送られてきたもの。一つは牛川虎一郎知事の請願、もう一つは地元代議士、木檜泰山先生の提案と政府答弁じゃ。それぞれについて、わしが説明しよう。わしの考えは差し挟まぬ。お前の頭で考えた意見を聞きたいのだ」

「分かりました。大変なことになりました」

正助の表情には並々ならぬ緊張感が表れていた。

日を改めて、老人と正助の勉強会が行われ、こずえは茶をいれながら片隅でそっと耳を傾けていた。万場老人は一語一語、語り掛け、正助はそれを全身で受け止めた。日が沈む頃、２人は次回の勉強会の日を定め、正助は老人に別れを告げた。

「次は、お前が先生で、わしは拝聴する立場であるぞ。は、は、は」

正助の背に老人の声が響いた。正助は責任の重大さを感じて真剣に考えた。万場老人から渡された資料は読めない字が多いが、部分部分から老人の説明が伝わってくる。正助は何をすべきか迷っていた。死の川はごうごうと音を立て、正助に何かを語り掛けている。それは何か、正助には測りかねた。

ある夜、正助は何かを求め湯川の音を聞きながら麓の村に向けて歩いた。白砂川の荷付け場までは闇に包まれて足もとも見えない。正助は、ふとあの真っ暗なシベリアの海底洞窟を思った。頭を上げると星が光っているのを見てほっとする。夜空の星は希望の光に見えた。広大な原野は正助に何かを語り掛けようとしている。それは何か。木檜泰山代議士は、湯の川地区を移さないで、そこに国の補助を投ぜよと主張し、牛川知事は、温泉が使える地に集落を移して理想の療養所をつくるべしと請願している。正助は、二つの案を比較しながら歩いた。長い距離を歩いて白砂川に至りしばらく川に沿って歩き再び白砂川を後にした。

湯の川に向かう坂を一歩一歩踏み締めて歩いた。湯の川地区に近づいた時、夜はうっすらと明け始めていた。振り返ると、広い森がどこまでも広がり、東の地平線の白い光が森の黒い影を浮き上がらせている。やがて朝日の中にその全貌が明らかになった時、正助の胸にはっとひらめくものがあった。

ある日、正助が万場老人を訪ねると、まず老人が口を開いた。

「宿題の答えは何か見つかったかな」

「先生、そう言われても困ります。俺にとってあまりに大きな、そして難しい問題です。ただ、あることを感じることはできました」

「申してみよ」

「先生、俺は、改めてこの湯の川を歩きました。そして、夜、麓の村まで歩きました。白砂川の荷付け場まで歩き、戻ってきたら夜が明けました。そして、この湯の川の近くに大変広い畑や森が広がっていることを知りました。もし、国がこの土地を俺たちにくれて、草津の温泉を引くことも実現できたら、新しいハンセン病の集落をつくることができると思いました。夢ですかね。先生からもらった、二つの材料、牛川知事と木檜代議士の考えをくっつけたようなものですが」

「うーむ」

万場老人は、そう言って目を閉じ考え込んでいる。ややあって、老人は目を開き、正助を見詰めて言った。

「よくやったぞ。この湯の川のことを考えながら、白砂川まで歩いたとはな。わしは何も言わなかったが、お前がやったことは必要なことであった。牛川知事も木檜代議士も、この広い一帯を実際には見ていない。一番大切なことは、理論と現実を結びつけることじゃ。2人の先生の提案は、国に対して問題を突きつけると同時に、われわれ湯の川の住人に提案を出したことを意味するのじゃ。お前の行動は、湯の川住民として、この提案に向き合ったことじゃ。当然やらねばならぬ第一歩であった」

「先生、俺、そんな偉いことやったつもりはありません。恥ずかしいですよ」

「うむ、立派なことなのだ。じゃが、このことはまだ他人に話さぬがよい。わしも、お前の行動に点数は付けぬ。湯の川の運命にかかわる事ゆえ、慎重に、そしてじっくりと取り組むことに致そう」

万場軍兵衛はこう話した後、１人になると正助が言ったことをじっと考えていたが、意を決したように文机に向かってつぶやいた。

「西村課長に返事を書かねばならぬ」

手紙の文面は次のようなものであった。

「帝国議会の重要な資料と共にお手紙を頂き、誠に感謝に堪えません。湯の川は日本のへき地であり、われわれは社会の最底辺で生きている者であります。このようなわれらに政府の高官が心を掛けて下さることに深く感動致しております。帝国議会の資料は、われらの運命に関わるものと受け止め、よく読ませて頂きました。政府答弁に気になる箇所が見受けられます。それは、湯の川地区の問題に関し、土地の選定を研究しているという点であります。もし湯の川地区移転ということになれば、反対運動が起きることが予想されます。もとよりいまだ具体化せず、その中身も未定のことなので、この問題は今のところこの老骨の胸に留めてあります。

ここで、重要な一つの事実をご報告申し上げたいと存じます。課長は、過日、湯の川に来られた折、下村正助なる若者が発言したことを覚えておられると存じます。シベリア出兵に参加し、患者同士で結婚し子どもを育てている人物です。私はこの男に、牛川知事の請願書を説明しました。湯の川を温泉の引ける所へ移転させるという案です。また、木檜代議士の建議、つまり湯の川を移さずに改良する案も説明しました。

私の考えなどは言わず、ただ宿題を与えましたところ、この男、素晴らしい体験をしたのです。夜、湯の川を出て、湯川の下流の麓の村まで歩き、帰りは坂道を登り、草津まで戻ったら夜が白々と明けたと申します。夜が明けた時、朝日の中に広がる広大な田畑と森を見て胸を打たれたと言いました。湯の川地区の近くにこんな世界があることに気付かなかったと言うのです。そして、ここに草津の温泉が引けて、理想の村ができればと、ふと思ったと言います。

私は、これが湯の川の将来に関係があるかないかをまだ申しておりません。私にも分からぬことです。西村様にはお伝えしておいた方がよいかと思い、ここに触れた次第でございます。西村様とは、これからもいろいろ関わらせて頂く予感が致します。よろしくお願い申し上げます。山田局長様によろしくお伝え下さい。なお、木檜代議士、牛川知事、県議会とどう接触するかは今後研究する所存です。その際、中央とのつながりは当面表に出さぬことが賢明かと愚考致しますが、ご示唆を頂ければ幸いでございます」

1週間が過ぎた時、西村課長から返信が届いた。意外に早い反応に万場老人は驚いた。こずえが差し出す茶をすすりながら老人は封を切った。

「早速のお返事をうれしく受け止めています。鋭い洞察力で帝国議会の動きを受け止められておられることに敬服致します。日本国には現在大きな動きが進んでいます。小生など一小役人で、ただはらはらと傍観するばかりで無念さを感じますが、お国のために精いっぱいと、気持ちだけは張り切っております。こんな気負ったことを認《したた》めるのも、万場様を大先輩と考えるからできることかも知れません。どうかお許しください。正助様のことは強く印象に残っております。

正助様が一晩かけてあの地域を歩いたとは驚きました。広大な田畑と森が広がっているのですね。そして、近くに草津温泉とは示唆的だと思います。胸に留めて置きたいと思います。これからも万場先輩のご教示にあずかることが何かとあると存じますが、何とぞよろしくお願い申し上げます。

ところで、正助様といえば、先日のお話の中で、お子さんを育てておられること、家族で県議会へ行かれ、そのお子さんが議会で発言されたと聞き驚いた次第です。子どもは将来を担う存在です。また、子どもは、一番に社会から差別される弱い立場なので、自治の集落が子どもの教育にどう取り組んでおられるのか、気に掛かっております。どうか、正助様、お子様、お母様にもよろしくお伝えください」

手紙を脇の文箱に納めた時、こずえがそっと声を掛けた。

「ご隠居様、何かうれしいことが書いてあったみたい。うふふ」

「おお、先日の内務省の役人じゃ。律義な人物で、わしを先輩と呼んでいる。文面から誠実さが伝わってくる。国を恨んで生きてきたわしにとって、国の役人にこういう人物がいることは意外であり、救いなのじゃ。自分の心の狭さを後悔しておる。わざわざ手紙をくれて、この集落のことを心に掛けておる。国という大きな組織の中で動かねばならぬから、われわれの敵になるかも知れぬ男。しかし、ここに表れている誠意と善意を信じたいと思うのだ」

万場老人は、そう言ってこずえがいれた茶をすすった。そして自分に言い聞かすようにつぶやいた。

「喜んでばかりいられぬ。気を引き締めて頑張らねばならない」

それから数日が過ぎた時、県議会の森山抱月から手紙が届いた。県にも国にも、湯の川地区に関して大きな動きが生まれている。ついてはひそかに会って意見を交わしたい。前回お会いした人々に加えて、リー女史も加わって頂くことを希望します、というものだった。

「早速、波が来たわい」

老人は、そう受け止め、正助を呼んで準備させた。会場は山田屋であった。

森山は一同を見ながら言った。

「帝国議会でこの湯の川が取り上げられました。大きな変化が起こると思います。皆さんと関わって来た者として、皆さんと共に考えねばならないと思ってやって来ました」

これを聞いて、万場老人が早速口を開いた。

「実は、あの西村課長から資料を頂いております。県も国もこの湯の川地区をどうしようと考えているのか不安じゃ。森山さんの考えを聞かせてほしいと存ずる」

「はい。時代の流れ、湯の川の実態、ハンセン病の真実、これらを冷静に捉えること。その上で、皆さんの役割と作戦を考えなくてはならんでしょう。私は、皆さんを理解するが、立場上必ずしも全面的に足並みをそろえられません。辛いことです」

「わしとてあなたの立場なら同じこと。分かりますぞ。十分承知なので、その上で力を貸してほしい」

「そのつもりでやって来ました」

森山はそう言って、一同の顔をじっと見た。正助は県議会で眼光鋭く威風堂々と行動していた森山の姿を思い出していた。目の前の森山にその様子はみじんもない。

正助には森山抱月県議が別人のように見えた。彼は静かに語り出した。深刻な問題を易しく穏やかに説こうとしている風であった。

「世間では、ハンセン病を恐ろしい伝染病と考えているようです。背景にはハンセン病の長い歴史があり、偏見、無知、迷信もあると思います。しかし、これが社会の現実なのです。そして、ハンセン病の患者が全国に非常に多いのも事実です」

森山は言葉を切り、皆の顔をじっと見て続けた。

「日本は、日清、日露の戦争に勝って世界の一等国の仲間入りをしました。ハンセン病の患者がうろうろしているのは文明国の恥という考えが政府にはあります。また患者をきちんと把握して治療を施さねばならないことはもちろんです。そういう目的で作られた法律が癩予防法なのです」

森山が文明国の恥と言った時、人々の表情に瞬間緊張が走ったように見えた。国の体面を優先させるのかという思いが人々を襲った。

万場軍兵衛は自分たちを恥と捉える国の姿勢に強い怒りを覚えたのだ。それを敏感に受け止めながら森山は続けた。

「県議会も基本的には国と同じ考えです。ただ、正助さん一家が議会で説明したこともあって、この湯の川地区に対する関心は大いに高まっているのです。こういう流れの中で、このたび、帝国議会に対し、わが牛川知事の請願があり、また、吾妻出身代議士木檜泰山さんの問題提起があったのです」

ここで、森山は話すのを止めて万場老人に視線を投げた。それを受けて老人は口を開いた。

「皆さん、知事と代議士のことは私から説明しよう」

老人はそう言って、知事の請願と木檜代議士の建議案、そして、政府の答弁を易しく簡潔に話した。人々は頷きながら聞いた。そして、老人は最後に、特にと断って、正助の動きに触れた。

「実は、思うところあって、正助には先にこれを一部分だが説明し宿題を与えた。正助の行動はまだ話さぬつもりでいたが、森山さんの話があったので発表することに致そう」

　万場老人がこう切り出すと、皆の表情が動いた。

「正助は、湯川に沿って、麓の白砂川の荷付け場まで、夜歩いたそうじゃ。湯の川の人は皆知っとるが、夜は足元も見えぬ闇じゃ。空には星が光っていた。聞こえるのは湯川の流れだけ。大自然の腸《はらわた》に入ったような気持ちであったことじゃろう。白砂川から戻って湯の川近くまで来たら夜が明けた。朝日の中に見渡す限りの大自然が姿を現した。それを見て正助は、もしこの広い一画を手に入れることができ、草津の温泉を引くことができれば、本村に気兼ねなく暮らせると思ったというのじゃ。正助に代わって話したが、どうじゃ、正助、間違いはあるまい」

　正助は黙って大きく頷いた。

「ここで断っておくが、正助の行動に対してわしの意見は何も言っておらん。先ほど、森山さんが、湯の川の実態を捉えることが重要だと言われたことと関わることなのでわしの口から紹介したのじゃ」

　森山は、万場老人の話にじっと聞き入っていたが、膝をたたいて口を開いた。

「良い話を聞きましたぞ。正助君が自分の意志で夜、広い自然を歩いて感じたことは、この湯の川地区にとって、貴重な財産になりますぞ。今、このことが出たので改めて申し上げたいことがあります。湯の川の話が具体的に動き出してきたのです。実は、牛川知事は湯の川地区移転の請願を行ったのですが、事前に私たち議会の幹部に相談したのです」

意外な言葉に一同は身を乗り出すように興味を示した。

「知事は湯の川の素晴らしい点を踏まえた請願にすると申された。過日、正助君が県議会に行った時、知事は正助君から湯の川のことを聞いた。そして、知事は、湯の川を群馬の誇りとすべきだと発言された。私はそばでそれを聞いて感動したのです。知事の請願にはそれが生かされています。それは、草津温泉を使える地域に理想的集落を建設してほしいという表現です。この理想的という表現は実に重い。具体的場所は示さなかったのですがね。正助君が歩いて感じたことは、知事の理想を具体化する意味がありそうですな」

人々の顔には、ほおーという驚きの表情が表れていた。

「実は木檜代議士に対する政府の答弁書にも、牛川知事の請願を重視していることが表れています。正助君が、湯川に沿って広く歩いて感じたことは、このような点から大変重要な意味を持っています。私も遠からず、正助君が歩いたところをぜひ見たい。その時は案内を頼みます」

森山は正助を見て言った。正助は深く頷いてみせた。

「ところで」

森山は、ここで話題を変えるように笑顔をつくり、辺りを見回して言った。

「県議会で元気に名前を答えられた坊ちゃん。ええと、正太郎君と言ったかな、どうしているかな。は、は、は」

「元気で飛び回っております」

正助が答えた。

その時、黙っていたマーガレット・リー女史が微笑を浮かべて言った。

「実は、私のところでささやかなスクール、寺子屋を始めまして、正太ちゃんが来ております。大変賢い子で楽しみです」

それを聞いてさやのうれしそうな笑みがこぼれた。

「子どもは希望の芽じゃ。実は西村課長もこの点に強い関心があるらしく、自治の集落の教育はどうなっているのかと心配しておる。世の中の進歩は目覚ましい。子どもの教育は、急務なのじゃ。リー先生だけに任せておいては申し訳ないことなので、わしもあることを考えておる」

万場老人の言葉を人々は不思議そうな表情で受け止めていた。

「今日は、実りある集いが実現できました。皆さんに感謝しますぞ。今日のことは県政の上で生かしたいと思います。また、地元の木檜代議士に知ってもらうことは、今後のことを考えると非常に大事です。私からも話しますが、直接皆さんに会ってもらうことが何よりでしょう。

万場さん、その時はまたよろしく頼みますぞ」
万場老人は、当然とばかりに深く頷いて見せた。

第七章

湯川生生塾

一、塾始まる

森山県議が去ってしばらくしたある日、こずえは、万場老人の家の前に立っていた。

「何かしら」

そっとつぶやく。入り口に墨痕鮮やかに「湯川生生塾」と書かれた板が掛けられているではないか。

「こずえか、何をしておる。入るがよい」

弾んで聞こえる老人の声がした。

「はい、ご隠居様」

こずえは明るく応じた。それを見て万場軍兵衛は言った。

「はは、驚いたらしいな」

「何を始めますの」

「わしの寺子屋じゃ。西村課長が集落の教育を気に掛けていた。森山議員も正太郎はどうしているかと言った。リー女史は寺子屋をやっていると申していた。実はな、この集落で教育は、人間として生きるために最も重要なことなのじゃ。わしの頭には以前から構想があったが踏み切れなかった」

万場老人は目を閉じ少し考えて続けた。

「こんなあばら家で、という意識があった。また、松下村塾を頭に描いたこともあった。しかしな、建物がどんなであるか、また、塾の規模の大小などは無関係と気付いたのじゃ。1人でも2人でも、人間の成長に役立てば素晴らしいことと思わねばならぬ。それに何より重要なことは、患者が人間として生きる上で、学問が必要だということじゃ。この集落でわしが教えることには、格別な意味があることになぜ気付かなかったか。大いに反省しとる」

「湯川生生塾でございますか」

「そうじゃ、死の川湯川と共に生きる。人生をたくましく生き生きと生きるという目標を掲げたのじゃ」

「まあ、素晴らしいことですわ。この湯川も先生なのね。私もお手伝いできるのかしら」

「おお、できるとも、お前は助手じゃ。お前は字が上手。読み書きを教えねばならぬからな。教えることは自分にとっても勉強なのだ。頼むぞ」

　こずえには、万場老人の熱いものが伝わってくるのが感じられた。

　万場老人は、湯川生生塾の看板を改めてじっと見詰めた。目を移すと湯川が音を立て激しく流れている。岩に砕ける白波が見えた。老人は湯川の光景を見ながら、自分の学問の人生に思いをはせていたのだ。東京帝大を出て一族からも世間からも嘱望された人生のはずだった。昔の仲間とは一切の連絡を絶ったが、彼らは皆、輝かしい栄達の道を歩んだはずだ。自分は地獄に落ちた。この醜い姿は何事かと世を恨んで、この湯川に身を投げようと思ったこともあった。それを踏み止めさせたのは何かと自問した時、答えは学問だと気付いた。

追い詰められた時、自分に示唆を与えたもの、そして自分の心に勇気を与えたものは折に触れて読んだ文学であり、歴史であり、大学の講義であり、その他学問生活の中で積み重ねたものであった。自分にとって救いになった学問なら他の患者にも力になるに違いない。

自の学問を同病の人のために役立てねばならない。万場老人はそう決意したのである。

マーガレット・リー女史の寺子屋に通える子どもは限られていた。湯の川地区に住人の数が増えるにつれ、子どもの数も増えていた。世の流れはとうに寺子屋の時代ではなくなっていた。明治5年に学制が敷かれて以来、全ての子どもは公教育にという国の方針もあって、ほとんどの寺子屋や塾は姿を消した。しかし、湯の川地区は別であった。ここの子どもは、社会一般から差別され受け入れてもらえないのだから、湯の川地区が自治ということを誇るなら、自治の重要な内容として教育に取り組むべきであり、西村課長が自治と聞いて集落の教育に関心を示したのも当然であった。

万場老人は、このことに思い至ったとき、リー女史の教育活動に敬意を払いつつ、自分も役割を果たさねばという思いを強めていた。

万場老人はある時、リー女史と会った。

「子どもの教育は本当に大切じゃ。リー先生には頭が下がりますぞ」

「いえ、心は焦りますが何もできません。小さな歩みを大切にしておりますわ」

「わしは患者の1人として、また学問をしてきた者として、湯の川の人たちの教育について何か役割を果たさねばと思ってきました。差別された人にとって、教育は生きる力ですぞ。しかし、何をすべきか、何ができるのか分からんのです。先生は先輩です。よろしく頼みますぞ」

「まあ、万場先生こそ学問の人。力を合わせることはたくさんあると思いますわ」

リー女史はにっこり笑って、老人に女史としては人に見せたことのないような熱いまなざしを向けた。

「リー先生にご承知願いたいことがござる。わしは、少しでも、日本の歴史、東洋の文化に根差したことを教えたいと思っとります。その点で、同じ子どもが、先生のところと、わしのところ、両方に出入りすることもあると思うのじゃが」

「それは良いことです。子どもに任せることですが、私の所も十分なことはできないのですから、補い合えればよりグッドですわ。特に正太郎君には、大きな望みがあります。前にも申しましたが、大変賢い子ですわ。この集落の未来のためにも、正太郎君のようなお子さんを大きく育てたいと思ってますの。万場先生が、日本の学問を与え、日本人の心を育ててやってください。

私は時々西洋のことを教えますから」

「は、はー。それは素晴らしいことですな。正太郎のことをそのように思って頂けて、わしは本当に感激ですぞ」

そう言って、万場老人は目頭を拭《ぬぐ》っている。孫が褒められた以上にうれしいのであった。

それから間もなくして、万場老人は、こずえ、正助、そして、さやを前にして言った。

「大したことはできぬが、第一歩を踏み出したい。そこで、お前たちにわしの考えを聞いてほしい。学問は生きる力。特にわれわれ患者にとっては、学問は目であり耳なのだ。なぜか分かるか。学問がなければ、物事が正しく見えない。物事が自分の心に響かない。心そこにあらざれば見れども見えず、ということわざがある。リー先生とも話した。役割の分担じゃ。わしは日本の学問と日本人の心を少しでも教えたい。正太郎君は両方で学ぶことが良い。リーさんの所では西洋のことにも接することができるだろうからな」

「俺たちはどんなお手伝いをすればいいのですか」

「おお、連絡、準備などいろいろある。塾を支える大変重要なことじゃ。またな、子どもだけではなく、時には大人にも話すつもりじゃから、正助には韓国やシベリアの経験を話してもらうこともあろう。心の準備をしておくがよい」

万場老人は、ここで言葉を切って、こずえに向き直った。愉快そうな笑顔が浮かんでいる。

「こずえの役割は大切であるぞ。読みと書きじゃ。材料は、論語などから選ぶ。ただ、読みと書きだけでなく、それを通して歴史とか心の問題を話すつもりじゃ。どうじゃ、楽しいとは思わんかな。こずえ先生。は、は、は」

「ご隠居様、からかうのはお止めになってくださいませ。私はそんな重い役が果たせるのか心配でなりません」

こずえは困った表情で言った。

「おお、そうじゃ。これも教材に使おう」

万場軍兵衛は思いついたように書物の山を捜していたが、1冊の古い冊子を引き出した。

「修身説約と申して、群馬の初代県令の楫取が作らせたもの。全国的に広く学校で使われたが、今、忘れられている。今の知事、牛川虎一郎さんは楫取と並ぶ名知事と言われ、教育にも力を入れておる。子どもにも親にも、この中の幾つかを話してやりたいと思うぞ」

「いよいよ、湯川生生塾が始まるのですね」

正助が目を輝かせて言った。

数日が過ぎたある日、正助たちが作った粗末な机に数人の子どもが姿勢を正して座っていた。その中に正太郎の緊張した顔があった。子どもたちの後ろに、2、3人の母親たちと正助夫婦の姿が見られた。

こずえが口を開いた。大変な緊張を笑顔で隠そうとしていることが窺《うかが》えた。

「今日は、湯川生生塾の始まりです。私はお手伝いのこずえと申します。こずえおねえさんでも、こずえおばさんでも結構よ。よろしくね。ほ、ほ、ほ。それでは万場塾長のお話を聞いてください」

「皆さん、今日は」

正太郎以外の子どもにとり、こずえも万場老人も初対面の人であった。きれいな女の人と怖いような老人の取り合わせが子どもたちにとっては不思議であった。老人の容貌自体は、湯川地区では珍しいことではない。しかし、うずたかい書物を背にした姿は不思議な力を放つように子どもたちを威圧していた。親に言われてやって来たがこれから何が始まるのか。子どもたちの心には好奇心と不安が半ばしてあった。

「皆さん、こんにちは。わしが万場軍兵衛と申す者です。今日は、湯川生生塾の出発の日です。まず、この塾は何をするところなのか話したい。わしの顔を見て恐れるような意気地なしは、この集落にはいないはずじゃ。は、は、は」

老人の笑い声が、張り詰めたその場の緊張を幾分解《ほぐ》したようだ。

「わしにもお前たちのような小さい時があった。一生懸命勉強したが、勉強の目的は、実はよく分からなかった。試験を通るため、あるいは偉くなる手段と考えていた。ある時、この病気になって草津湯の川に来た。振り返るとな、世の中は驚くほど変わった。この集落が、病気ゆえに世間からいじめられていること、ここの人々は、つらい思いで生きねばならぬことを、お前たちは分かっているであろう。だから、ここの人は賢く、そして強くならねば生きられない。勉強はそのためなのじゃ。今日は、初めの日なので難しいことを話すようだが、心配せんでいい。だんだんに分かる」

万場老人は、ここで言葉を切って、子どもたちの顔を一人一人眺めた。そして、こずえの方に顔を向けると、こずえは心得て待ち受けたように茶を差し出した。老人はそれをうまそうにすすって話を続けるのだった。

「さて、湯川生生塾じゃ」

老人はそう言って、こずえに目配せをする。こずえは2枚の紙を並べ筆を取り出した。子どもたちの好奇の視線がこずえの白い手と筆先に集まる。こずえは、1枚にはひらがなで、もう1枚には漢字で塾の名を書いた。美しい字は子どもたちの心を捉えたようだ。こずえはよく見える位置に2枚を貼った。

「次からは、この字をお前たちが書くのじゃぞ」

子どもたちの頷く顔を確かめるようにして老人は続ける。

「湯川の音が聞こえるな。この流れは命あるものの生きることを許さない。死の川と呼ぶ人もいる。鉄も溶かす。人間なぞ、肉も骨もすぐに溶かしてしまうぞ。昔はな、生きられないハンセン病の患者をこの川に投げ込んだという話もある。怖い怒りの流れなのじゃ。流れの音が聞こえるであろう。この音はな、世間に負けないで強く生きろと私たちに呼び掛ける川の声じゃ。この湯川と共に生きる。人生を強くたくましく生き生きと生きる。そう誓うためにつけたのが湯川生生塾という名なのじゃ」

こずえは、この時、細い棒を取り出し、笑顔を作って漢字を指し、次にひらがなを指した。棒の先を子どもたちの視線が追った。

「これが、この塾の勉強の目的であるぞ。よいかな。もう一度耳を澄ませてみよ。湯川の音が心に響くであろう。湯川がお前たちに呼び掛けているぞ。しっかりやれと。今日はこれで終わりじゃ。皆さん、ご苦労様であった」

子どもたちが去り、後に残ったこずえと正助に万場老人は言った。

「ご苦労であった。どうじゃな開校式は。感想を述べてみよ」

「先生、すごいですよ。子どもたちが真剣に聞いていましたよ。勉強の目的が分かったみたいです」

「皆さんの顔が輝いていたみたい。ご隠居様の指図で書いた2枚が役立ったみたいで、私もどきどきでした」

こずえの表情がいかにもうれしそうである。

「そうか、そうか。よい出発になったのだな。勉強の目的が分かってもらえればすごい成果じゃ」

万場老人の声も弾んでいた。

このようにして、湯川生生塾は週に1度ほどで、歩み出して行った。万場老人が語り、その中の言葉を選んでこずえが書き出し、子どもたちが習字するという型が次第に定着して行くのであった。

しばらくしたある日のこと、正助がやって来て興奮ぎみに言った。

「先生、親たちの評判がいいです。子どもがいろいろ話しているのですね。こずえ先生の評判も上々です。皆、美人先生が好きなようですよ」

「まあ、そんな。恥ずかしいわ。私なぞ、何もできないのに」

「は、は、は。それは愉快。わしもうれしい」

「そこで、先生。お母さんたちが、俺に言ってきたのです。今、湯の川地区が揺れているらしい。勉強しないとついていけないから湯川生生塾で、易しく教えてほしい。子どもたちのように。こう言うんですよ」

「ほほう。それはいいことだ。親にとっても勉強は生きる力。親は現実の厳しさに日々直面しているのだからな。よし、そういう人たちに、承知したと申してくれ。よい動きだと思う。わくわくするが、慎重にしっかり取り組むぞ」

正助は、権太や正男たちにも頼んで準備を進めた。お母さんたちは、塾という学校に参加できることがうれしくて周りに話を広げ、仲間を誘った。正助は、動きが大きくなっていることを感じた。

予定の日が近づいたある日、正助が万場老人のところへ走り込んで来た。

「先生、大変です。希望者が多くてとてもここでは狭すぎます。どうやって断りましょうか」

「ふうむ。うれしい悲鳴というやつじゃ。断るのはよくあるまい。今回は、山田屋の世話になろうではないか。お前から話してみてくれぬか」

「先生やってみます」

正助は勇んで飛び出して行った。

万場軍兵衛は身内に若い血が漲《みなぎ》る思いで、こずえを指して準備にかかった。

「よいか、わしの方針じゃ。難しい問題を幼児にも分かるほどに易しく話す。わしの学問の本当の力が試されると覚悟した。そこでは、子どもたちに教える時のよう紙を用意せよ。大勢だから大きい紙にして、10枚程準備してくれ、使う言葉はあらかじめ決めておくが、書くのは、皆さんの見ている前が効果的だ。よいか、お前の役割は重要じゃぞ。噺台に立つ覚悟でやるがよい。時には小さな笑顔を見せよ。お前の笑顔じゃがな。母のお品さんを思い出す。母が傍らに立っていると思って頑張るのじゃ」

「まあ、ご隠居様、大変なことになりました。お芝居のようではございませんか。それをお芝居でなくやれということですね。母のことが出ました。考えますに、強く生きることは、母の人生とも、お藤おばさまとも関わる問題ですから、私、頑張りますわ」

「よくぞ申した。その通りなのじゃ。ハンセン病の集落でこのような教育の動きができるのは、世界広しと言えど他にあるまい。お品とお藤があの世で見ているに違いない。力を合わすことに致そう」

その日がやってきた。山田屋の会場には、「湯川生生塾」の看板が運ばれて立てられた。演芸会のような雰囲気は避けたいと心配したが、全く無用の心配だった。

噛み砕くように発する老人の一語一語は人々の心に自然に入り込んでいくように見えた。老人の荘重な風貌が言葉に重みを添えていた。こずえは、合図を受けて、「人間の平等」、「ハンセン病の光」、「学問の意味」等の文字を書く。その筆先を人々は見詰めた。

こずえが書き上げて書を掲げ、笑顔を作ると拍手が起きた。1時間ほどがあっという間に過ぎた。万場老人が、このような勉強会を時々やりたいが、いかがかと問うと賛成とか、お願いします、という声が起きた。山田屋の主人はいつでもお使いくださいと言った。

湯川生生塾は、予想外の成果をあげて滑り出したのであった。

万場老人は興奮冷めやらぬ中で、西村課長のことを思った。西村課長は、以前、その手紙で「子どもは将来を担う存在です。また、社会から一番差別される弱い立場にあります。ですから、自治の集落が子どもの教育にどう取り組んでいるか気に掛かっています」と正直な気持ちを伝えてきた。

これに答えねばならぬ、それは今後の布石にもなる。老人は、こう信じて筆を執った。その内容は、「湯川生生塾」を始めたこと、この塾の目的、ここで正太郎が真剣に学んでいることなどであった。そして、最後に、次のことを付け加えた。

「母校のことを振り返りつつ、私の学問が天下のことに多少とも役立つことは感無量でございます。小さな小さな塾ですが、学問という光を通して、この塾が大きな世界につながっていることを信じております。かの松下村塾には遠く及びませんが、この特殊な環境で、小さな芽が少しずつ伸びることをひそかに夢みております。どうか遠くから見守りくださいますようお願い申し上げます」

湯川生生塾を始めてひと月ほどたった時、万場老人は、こずえと正助を前にして言った。

「こずえは、さやさんと、以前、京都大学を訪ねて驚いておったな。小河原という学者に会って話を聞いたことで正太郎を産む決心をしたわけじゃった。不思議なことよのう。いや、不思議というのは学問の力のことじゃ」

老人は目を閉じて何かを考えている風であった。

「わしは、帝国大学で学びながら、学問の意義を分からぬ間にこの年を迎えた。学問の力とか、学問の役割などが真に分かってきたのは、最近のこと。湯の川地区のことで激しくハンセン病のことを考えるようになってからじゃ」

老人は、そう言って、再び目を閉じた。そして、目を開くと意外なことを言った。

「時代が大きく変わろうとしている。われわれの集落も変わろうとしている。それなのに、われわれは小さな穴の中にはまり込んでいる。葦《よし》の髄《ずい》から天井をのぞくでは、われわれはますますみじめになる。穴から出て世の中を見なくてはならぬ。この穴の出口、あるいは外の世界を見る窓といおうか、それが生生塾なのじゃ。知識と学問が心の世界を広げる。われわれの眼を開く。正助は、朝鮮やシベリアを経験した。それは正しい知識と学問によって、広い世界を知る力になる。学問と行動は共に必要で、これを知行合一というのじゃ。このことの重要性をわしは反省とともに噛み締めておる。どうじゃ、正助、わしの言っていることが分かるであろう」

「はい先生、よく分かります。朝鮮ではすごい反日運動を見ましたし、シベリアでは本当に恐ろしい経験をしましたが、あれも学問に結び付けなければ正しく理解できないことが今、分かった気が致します」

「社会の変化は今後ますます激しくなるに違いない。われわれハンセン病の患者は途方もない大波に見舞われるだろう。その中で、われわれが生きぬくためには、力を合わさねばならない。力を合わせる絆が学問なのじゃ。学び、そして力を合わせることで、われわれは力をつけ、小さな穴から抜け出せるに違いない。今日はわしの人生を振り返ったが、難しい理屈になってしまったわい」

万場老人は一気に語り終えて、ほっとした表情であった。

二、木檜泰山と会う

事態は思わぬ展開を示し始めていた。ある日、森山抱月県議が突然、万場老人を訪ねた。

「ほほー、湯川生生塾ですか。現代の松下村塾ですな」

「いえ。そんな大それたものではありません、見た通りのわびしい寺子屋です。じゃがな森山さん、中身は光る塾ですぞ。この名の通り、厳しい湯川に負けない意気込みがござる。実は先日、森山さんが気に掛けてくださった正太郎君は、この塾の優等生ですぞ」

「ほほー。県議会で元気に返事をした姿が目に浮かぶ。はて、確かリー女史の寺子屋で学んで

いるという話であったがな」

「その通りです。リー先生と話し合って、正太郎は、両方で学んでおるのです。ここでは日本の心、リー先生の所では西洋のこともな」

「それは、それは。理想の姿ですな。和魂洋才と申す。日本の伝統の精神が忘れられようとしている。西洋の文化も必要。理想は二つの調和ですからな。大いに期待しますぞ」

　その時、足音が近づいて、こずえが姿を現した。

「まあ、森山様」

「ほほー。突然来て、こずえさんに会えるとは。これで何度目かな。こう近くで見ると、お母さんのお品さんに生き写しじゃ。立派な姿にお母さんもあの世で喜んでおられよう」

　この時、こずえは、森山抱月県議の前に正座して両手をついた。

「母が昔、森山様に大変お世話になったことをご隠居様からお聞き致しました。私がこの世でこうしておられるのも、森山様のおかげと知りました。本当にありがとうございました」

　こずえの白い手に涙が光って落ちた。

「万場さんからそれを聞きましたか。お品さんも、あなたも大変な人生。人の縁は不思議です。ここには万場さんがおられるから安心しておりますぞ」

　この時、万場軍兵衛が大きな声で言った。

「こずえは、この塾の立派な先生を務めております。わしよりも、こずえに人気がある」

「は、は、は。それはそうであろう。いや、立派。頑張ってください。ところで、万場さん、今日は大事な要件で参上しました。秘密を要することはここが一番ですな」

「何事ですか」

「木檜泰山代議士がひそかに会いたいと申しております」

「例の件ですな」

「そうです。この湯の川地区のことは、山田という衛生局長が代議士に説明したと申す。木檜さんはご自分の地元のことで、初耳のことも含まれていて驚いたらしい。もっとも、山田局長は、委員会の答弁で、委員会に備えて、湯の川地区の実態を部下に調べさせたこと、部下の報告では、住民が自治をつくって助け合っていること、それを見て部下は他に例がないと感動したことまで答えたそうです。これは、地元の木檜さんを立てる意味もあったであろうが、事実なので木檜さんは大いに面目を施したそうです」

「森山さん、その局長の部下が、西村数馬氏と申す課長で、この湯の川に来て、われらと親しく話し合った人物ですぞ」

「その通り、わしもあの時、山田屋にいて、あの課長と話して、威張らない誠意ある人物であると感銘を受けましたのでよく覚えております。その続きが大切なのですぞ。木檜さんは、その部下に会いたいと言いだし、衛生局長を通じて呼び出し、国会内で西村課長と会ったのです。そしてこの課長からあの時の様子を詳しく聞いたのだ。万場さんのこと、正助君や正太郎坊やのことまでな」

「ほほう。意外な展開ですな。わしのことはともかく、正太郎君が帝国議会で話題になるとは」

万場老人は驚いたように言った。

「そして、今度は、私との話になりました。ご承知のように、木檜さんと私はかつて県議会で一緒であったが、正太郎君が県議会に来て、元気に自分の名を答えたのは大正11年であった。この時、木檜さんは、国会議員になっていて、県議会には既におられなかった。そこで、私があの時のことを説明すると大変興味を示しておられた」

「ところで、どうやってお会いすることになりますかの」

「木檜さんはここがよいと申しておる」

森山はいとも簡単に言ってのけた。

「まさか。このような所に天下の国会議員が。山田屋あたりがいいでしょう」

万場老人は、あり得ないだろうという顔で言った。

「いや、国会議員であるだけに、今回は山田屋は人目に付きよくないのです。ここがいいというのは木檜さんの思い入れです。集落の実態を肌で感じ取りたいという決意なのです。あの人は私とは政治の同志ですが、反権力、そして、反骨の闘志、人間の平等とか自由とかについて、信念をもっておる。万場さん、会えばきっとあなたと通じるものがあると信じますぞ」

万場老人は、森山の目を正視して深く頷いた。

約束の日が近づいた時、森山から手紙が届いた。それには、希望を受け入れてくれたことに代議士は感謝し、県議会に出席した下村正助一家、特に、正太郎君にも会いたがっている。それはハンセンの集落で元気に生きる子どもの姿には重要な意味があると考えているからだとあった。

その日がやってきた。秋の日の午後であった。湯川に沿った細い道を2人の男が一定の前後の間隔をとって歩いている。後の男には、身なりは質素だが、鋭い眼光と共にどこか辺りを払う威風が感じられた。この男が反骨の熱血漢と言われた木檜泰山代議士であった。前を行く従者らしき男が立ち止まり、後ろを振り返り、一方を指してここですと言った。木檜はゆっくり近づき、湯川生生塾の文字をじっと見て深く頷いた。

「ごめんください」

従者が声を掛けると、すかさず中から女の声があった。

「はーい。お待ち申しておりました。木檜様でございますね」

にっこり笑って迎え入れたのはこずえである。中には数人の人々の姿があった。

「ご苦労様です。目立つので出迎えはあえて致しませんでした。どうぞ」

　1歩入ったところで出迎えた森山が言った。

「おお、森山君、しばらくですな。このたびはお世話になります」

　木檜はそう言いながら、はっとした表情で、岩のような老人の姿を見た。紛れもなくその人と認め代議士は深く頭を下げた。

「万場軍兵衛さんですね。木檜です。地元でありながら初めてお目にかかります。湯川の流れを聞き、あなたの前に立って、ここにわが国の大きな問題が凝縮していることを感じます」

　万場老人は深く頷いた。

　木檜は老人が背にした書物の山を見ながらさらに言った。

「入り口に湯川生生塾とありました。現代の松下村塾ですね。恐れ入りました」

　そして、改めて人々に向かって口を開いた。

「こんにちは。私は、原町から出ている国会議員の木檜泰山と申します。以前は、森山先生と一緒に群馬県議会におったこともあります。湯の川地区の真実を知るために参りました。ここには、人間の尊厳、人間の自由平等の問題があるので、ことは重大です。この集落の移転問題が国会で持ち上がっています。私も考えがあって発言しています。しかし、今日は、難しい問題を議論するのが目的ではない。この集落の真の姿、皆さんのことを知ることが目的です。この集落の実態を肌で知らねば、政策の議論も地に足が着かぬものになる。発言にも魂が入らぬものになる。これから重大な局面に入るので、このことを痛感するのです。いや、つい難しい話をしてしまったが、どうか固くならんでほしいのです。私は普通の人間、一上州人ですから。は、は、は」

木檜泰山代議士は笑い声によって、その場の緊張をほぐそうと試みていることが人々には分かった。演技はうまくなかったが、その気遣いが人々に伝わり雰囲気を和らげていた。

「それでは、私から皆さんを紹介致します。改めて、この方が万場軍兵衛さんで、私の古い友人です」

森山抱月県議の言葉に万場軍兵衛は深く頭を下げた。

「おうわさはかねて聞いていました。あなたのことは局長も、内務省の先輩だと申しております。これを機にご指導願いたい」

「そのような過分なお言葉、誠に恐縮です。先生の帝国議会のご発言には、湯の川地区とわれらを思う熱い気持ちがあふれておりました」

「おお、読んでくれたのですね。あなたに、そのように受け止めてもらえたことは感激です。思うようにはいかぬ問題ですが、私の発言を今後に生かす責任を深く感じています。あなたの今の言葉で自信をもつことができました」

「ありがたいことでござる。先生のご発言と牛川知事の請願文は、この生生塾でも勉強致しましたぞ」

「何と、それは素晴らしいこと。そのような天下の大事を論じるとは、誠にかの松下村塾を思わせる。ところで、森山さんが申していた県議会へ出向いた人々はどなたですかな」

　木檜の言葉に正助が顔を上げた。

「私が下村正助です。これが女房のさや、そして息子の正太郎でございます」

　この言葉に、後ろにいた正太郎は、両親の肩の間から頭を上げにっこりと笑顔を向けた。

「ははー。君のことだな。森山先生から聞きましたぞ。ヒゲの先生たちを少しも恐れず元気に名前が言えたというね。こういう勇気のある若者をこの生生塾で大きくまっすぐに伸ばしてください。この湯の川のため、また、天下のために、万場先生よろしくお願いしますよ」

「はい、微力な私ですが、社会に対する最後のご奉公と考えております。厳しい道を覚悟するために湯川の文字を上に付けたのでございます」

「なるほど、なるほど、その通りです。鉄をも溶かす世界一厳しい水の流れを社会の不正義に対する怒りと捉えるのですね。わしら政治家こそ第一に忘れてならぬことです」

　木檜は森山と顔を見合わせて頷くのであった。

　木檜の視線は万場老人の傍らに座るこずえに注がれた。その姿からこのハンセン病の集落には異質なものを感じていたのであった。それと察した森山が言った。

「こずえさんといいまして、下の集落に住む娘さんで、万場さんの縁の者です。この生生塾では助手を務めておるそうで、子どもたちにもお母さんにも人気のある美人先生なのです」

「ほほう。わしも入塾したくなりました。わっはっは」

木檜は豪快に笑った。万場老人は、森山から反骨の闘将と聞かされていたこの代議士の本質を垣間見る思いで、その横顔を眺めていた。

固い空気は和んで話は弾んだ。正助はシベリアの不思議な経験を話した。森山はこずえの母お品、そしてその双子の妹お藤のことにも触れた。さやは、京都帝国大学を訪ね、学者先生からハンセン病は遺伝病ではない、また感染力も非常に弱いと聞かされて正太郎を産んだことを話した。

じっと耳を傾けていた木檜は姿勢を正して言った。

「いや、感激しました。皆さん、お一人お一人に熱い人生の物語があるのを知りました。皆さんから今日お話を聞けたことを、この木檜、決して無駄にしないことを約束します。それから万場先生、この湯川生生塾は素晴らしい。世はすっかり公教育の時代となったが、学問の原点は国の権力と離れた所にあるべきだ。学問の真の目的は生きる力。それは個人の心の問題です。だとすれば、権力は心を支配すべきではない。これは私の信念です。だから、こういう私塾の存在の意味は大きい。湯の川地区は差別された社会だから特別であるが、一般社会でも公教育一色はよくないと思う。私も塾生の1人に加えてほしい」

木檜がこう言いながら森山を見ると、自分もという表情で頷いた。

「ありがたいことじゃが、ご冗談でございましょう」

万場老人は笑って言った。

「いや冗談ではない。私と森山さんを仲間に入れてほしい。森山さんも異存はないと言っておる。皆さんと共に学ぶ心なのです。もっとも、出席はめったにかないませんが心は出席しているということでお願いしたい」

木檜、森山両人が本気なのを知って、万場老人は言った。

「恐れ入りましたが、感激です。しかし、生徒というのでは、皆がかえって固まってしまいます。先生の一角でお願い致したいと存ずる。1年に1度でも、特別講師でお話頂ければ、この上なき幸せでございます」

そう言って、老人が人々に視線を向けると、一斉に拍手が起きた。

「ははー、良い形で決定しましたな。いつか、皆さんの前でお話ができることが楽しみじゃ」

木檜との対面は、このように意外な結果を生んで無事に終わったのである。

さて、正太郎の利発さには目を見張るものがあった。マーガレット・リー女史が大変賢いと褒めたことが決してお世辞でないことは、湯川生生塾でもすぐに知るところとなった。記憶の良さ、理解力は抜群で万場老人も、これはとひそかに期するものがあった。

第八章

住民大会

一、韓国からの客

草津は深山幽谷の地である。草津温泉が名声を高め全国から浴客が集まることを温泉街の人々は切望していた。問題は交通手段だった。時代は急速に発展していた。こういう時代状況の中で、軽井沢、草津間に鉄道を敷設するという事業が進んだ。ハンセン病の患者にとって、鉄道の利用は天の恵である。しかし、社会一般は、ハンセン病は怖い伝染病で、伝染を防ぐためには接触を避けることだと信じた。そういう世の風潮を国の隔離政策が支えた。ここに鉄道会社のハンセン病患者乗車拒否が発生する。

草軽電鉄は大正年間、軽井沢—嬬恋村間に開通したが、軽井沢駅で頻繁に乗車拒否が起きていた。患者の多くは、ここから草津までのおよそ60キロを歩かなければならなかった。

ある日、韓国から万場老人の下に1通の手紙が届いた。万場老人は、はっとして息をのむ思いで一読すると、すぐに正助とこずえに声を掛けた。

「ハンセン病の頭の鄭東順さんと娘の明霞さんが草津に来られるぞ」

「えっ、本当ですか。懐かしい。俺、夢のようです」

正助は明らかに興奮していた。

「お藤おばさまのご主人に会えるなんて、そしてまた明霞さんに会えるなんて」

「私も夢のよう」

　こずえも頬を紅潮させている。

「こう書いてある。父は元気なうちにぜひ草津をもう一度見たいと言っています。父の病気は治っています。顔の外見もよく見ないと分からないので拘束されることはないと存じます。母お藤の遺品を整理していたら珍しい貴重なものが見つかりました。それをこずえ様に渡すことも目的です、と」

「何でしょう。父に関することかしら」

「いずれにしても、鄭東順さんに会えるとはわくわくじゃ」

「俺は大変助けられた御礼を言わなければ」

　正助がうれしそうに言った。

　それからひと月程がたった。鄭父娘は日本に上陸して、無事軽井沢まで来たが、ここの駅で嬬恋行きの電車に乗車することを拒否されてしまった。

　実は、この駅にハンセン病患者に目を光らす妙な男がいた。又八という、元馬方のこの男は、湯の川地区の宿屋に客引きに雇われていた。見つけると駅に密告し乗車を拒否させ、自分の馬を使わせる。弱みに付け込んで法外な料金を要求するのだ。ほとんどの患者は又八の特異な眼力から逃れることができなかった。

又八は訳有りげな2人に早速目を向けた。金のあるげな朝鮮人と見て駅に告げた。父娘は乗車を拒否された。しめしめと思いながら頃合いを見て又八は声をかけた。

「へ、へ。檀那《だんな》さん、お困りのようで。お見受けしたところ、湯の川に行かれるようで、あっしは湯の川の宿屋のものでごぜえます。馬が2頭ありますのでお使いくだせえ」

電車に乗れないとなれば、この男の言う通りにする他はなかった。

「嬬恋駅に迎えが来ることになっています。そこまでお願いします」

はるかな山の路を思えば胡散臭《うさんくさ》い男の申し出を断ることはできなかった。

「こっちは女だから、馬の方も気を付けてください」

「へっへい。それはもう。きれいなお嬢様で。馬の方も臭いで十分承知でごぜえやす」

又八は品の悪い笑いを浮かべて言った。途中の茶屋でも言われる通りの金を払い、嬬恋駅に着くと、2頭の馬賃を払った。

「ここに、宿の名が書いてありやす。特別奉仕でやす。ぜひここによろしく頼みます。へっへ」

又八はそう言って去って行った。

嬬恋駅では、人々の歓声が上がった。

「やあ」

「おう」

同時に出た驚きの声であった。

「万場さん」

「鄭東順さん」

　２人は固く抱き合っている。

「明霞さん」

「こずえさん」

　２人の女性も抱き合っている。

「こずえでございます」

　こずえは鄭の前に進み出て言った。万感の思いが胸に迫っていた。

　鄭は思わずそう言ってこずえの手を握った。傍らに居た正助が進み出て鄭の前に立った。

「おお、お品さんの」

「韓国では大変助けられました。こうしてここに居られるのも皆さんのおかげです」

「おお正助君、会いたかったぞ」

　それぞれの胸に限りなく熱い思いが込み上げていた。驚いたことに嬬恋駅には万場老人が用意した馬が引く荷車が待っていた。ふもとの里の枯れ木屋敷に話して用意させたもので、粗末な筵が敷かれており、人々は腰を落とした。狭い空間が人々の親密さを一層濃くしていた。

鄭が軽井沢で乗車拒否に会い、こういう男に誘われて馬で来たと説明すると正助が苦々しげに言った。

「又八というダニのような男です。駅の乗車拒否を悪用しているのです。それにしても乗車拒否はひどすぎます。電車という公共の事業が公然と差別をしているのです。黙っていたら差別を認めたことになる。いずれ大きな反対運動が起きると思います」

「韓国で大衆運動を見ている正助君の意見ですね。同感です。私も日本へ来て、先ほど、初めて乗車拒否を経験しました。差別ですよ。権利は闘わなければ実現できぬ。弱い立場は、団結せねば何もできぬ」

鄭はそう言って、鋭い視線を正助に投げた。これを聞いて万場老人が言った。

「その通りじゃ。日本でも富山の米騒動は大きな威力を示した大衆運動であった。新聞が越中女一揆と書いたので全国に広まった。正助が関わったシベリア出兵が始まる年で、その5年後に関東大震災が起きた」

「そうでありました。あの大震災では朝鮮人が大きな被害に遭って、皆さんに助けられました。心からお礼を申します」

「なんの、なんの。正助が朝鮮であなたに助けられたことに、先に礼を言わねばならぬ」

荷車の中でお互いの話は尽きなかった。

遠来の客の宿は、正助が働く山田屋と定めてあった。一行はまず、万場老人の家に落ち着いた。

「湯川生生塾ですか」

鄭はしげしげと看板を見て言った。それから湯川をのぞき込み、いかにも感慨深げである。

「この流れがふもとの白砂川に合流しているのですね。明霞よ、よく見よ。私は、この先の白砂川の高い崖から落ちて、お前の母お藤に助けられた。前にも話したが、この川を見て実感が湧くであろう。この流れは、鉄も溶かす死の川なのだ。人間の一生はこの流れのように厳しいものだ。お藤の一生も実に激しかった。お藤の助けがなければ、私もお前もここにいない。人の縁は実に不思議です。いや、皆さん、つい昔を思い出しておしゃべりをしました」

人々は、川のふちで不思議な話に身動きもせず聞き入っていた。皆が座につくと、こずえは鄭の前に手をついて言った。

「改めて大川一太の娘こずえでございます」

「おお。先ほど一目でそれとわかりました。お藤とも明霞とも本当によく似ています。お藤もあなたのお母さんのお品さんも悲しい運命でした。それを無駄にしてはならぬと今、噛み締めております」

話に花が咲いている時、明霞は荷物の中から何やら取り出した。

「こずえさん。母、お藤の遺品から出て参りました。あなたのお父様が母に預けたものもございます」

こずえは、明霞の手紙に遺品のことが書かれており、それは何だろうと、ずっと気にかけていた。母は少女時代を語ろうとしなかった。不幸な出来事を思い出したくなかったのか。母のことを知りたいという思いは募っていた。今、それが明らかになろうとしている。こずえは、期待と不安が交差する思いで明霞の手元を見詰めた。

明霞は言った。

「これは写真帳です。前橋の大きなお屋敷、製糸工場の様子、お品さんと並んだ母藤の姿。母から何度も何度も聞かされました。母はよほど懐かしかったのです。ここで、私はこの写真を分けたい。こずえさん、あなたがまだ見ていないもの、あなたにあげます。2人が持つことによって、過去を一緒にし絆を強めること、できます」

こずえは、明霞が差し出す写真帳をめくった。双子の姉妹が白い倉の前で並んで立つ姿。松の木や池がある屋敷の佇《たたず》まい、家族の団欒《だんらん》、工場で働く女工さんたち。こずえの母お品はこういう写真を残さなかった。

お藤は韓国に嫁ぐので、貴重な写真を思い出にと、みな持って行ったに違いない。こずえはこう思いながら言った。

「どれもこれも初めて見る写真ですわ。あまり語りたがらなかった母の子ども時代が初めて分かりました。分けて頂けるならこんなにうれしいことはないわ。母たちの過去は、明霞さん、私たちの過去ですわ。さあどうぞ、あなたが必要とするものをお取りください」

こずえはうれし涙をぬぐっている。

「そんなに喜んで頂いて、私、とっても感激です。それからこれね」

そう言って、明霞は布の包みを解き始めた。

「あっ」

こずえは包みから顔を出した封書の文字を見て思わず叫んだのだ。

「それは母の字」

次に出た言葉だった。

「そうです。あなたのお父様が韓国におられる時、日本のお品おばさんから手紙がよく来たそうです。お父様が危険なお仕事でロシアに渡るとき、母に預けたものです。これはあなたのものです。どうかお受け取りください。母も天国で義務が果たせたと安心するでしょう。お品おばさんもきっと喜ぶに違いありません」

こずえは、封書の束を強く抱きしめて涙を流した。感動の物語に聞き入っていた人々の間から拍手が湧いた。

話に一区切りがついた時、鄭東順が改めて言った。

「皆さんにお願いがございます。昔私が落ちた白砂川の断崖、命を救われたふもとの里の医師の屋敷、その辺りを案内してもらえないでしょうか。亡き妻をしのびたいと思います」

「喜んでご案内いたそう」

万場軍兵衛は深く頷いて言った。その後で、老人は正助に何か小声で話していた。正助が頭を縦に振る様子が見えた。

翌日、一行は荷車に乗って、ふもとの里へ向かう坂を下った。うっそうとした森を流れる湯川の音が近付いたかと思うと遠ざかる。一つの曲がり角に近づいたとき、数人の人影が見えた。正助が飛び降りて走っていく。何やら言葉を交わして戻って来て言った。

「朝鮮の人たちです。鄭さんとつながりのある人たちで近くで働いています。昨日のうちに連絡しました。皆会いたがっています」

「ほほー。それは何とありがたいこと。温かいご配慮に厚く感謝します。明霞、お前も一緒に」

そういって、鄭東順と明霞は人々に近づいた。正助が荷車から見ていると、人々は、主人に対するように低く頭を下げ礼を尽くしているようだ。鄭と明霞は同じように腰を折って手を差し伸べている。しばらく話して人々は去って行った。

「気の毒な人たちです。私も昔、近くの鉱山で働いた。お元気で、体を大切にということしかできませんでした」

　鄭東順は、人々が去った方向を見ながら言った。

　荷車は坂道を西から東に向けて下り続け、村々を北から南に流れる白砂川に行き着いた。渓谷に沿ってしばらく走った時、鄭は手を上げて言った。

「止めてください。この辺り、あの松の木です」

　切り立つ断崖から松の木が宙に浮くように伸びている。「あの松の所から私は落ちました」

　鄭は懐かしそうに身を乗り出して眼下を眺めた。

「鉱山から重いものを運んで足を滑らせたのです。松の根をつかんだら太い蛇で、蛇が嫌いな私は慌てて手を放しました。後は何も覚えていません。霧の中を彷徨《さまよ》っていました。美しい女の人が現れて手を差し伸べてくれるのです。私は必死でその手を握り歩き続けました。女の人は頑張るのよ、この手を離しては駄目、と励ますのです。意識を回復し目をさました時、私はお藤の手をしっかりと握っていました。私をのぞき込んでにっこり笑ったお藤の顔を今でもはっきり覚えています」

　明霞とこずえがじっと聞いていた。

「お父さん、初めて聞くお母さんとの出会いの話。素晴らしいわ。ここへ来て本当によかったわ」

「私の父とあなたのお母さんが朝鮮の海の洞窟にのまれて死んだなんて、信じられないわね」

明霞とこずえは不思議な運命を身近に感じて驚くばかりだった。

一行は、白砂川を下って、いくつかの集落を回って湯の川に戻った。鄭と明霞親子は、数日の滞在期間を有意義に過ごし、名残惜しそうな様子で韓国に向けて帰って行った。

二、住民大会開く

軽井沢、嬬恋村間に鉄道が開通したことはハンセン病の患者にとって天の恵のはずであったが、軽井沢で頻繁に乗車拒否される。このことに対する湯の川住民の不満は日を追うごとに大きくなった。実は、鄭東順らが乗車拒否された頃、住民の怒りは忍耐の限界を超えるほどに高まっていた。区長の呼びかけで対策会議が度々開かれた。ある日の会議に正助が出席していた。

区長が発言した。

「乗車拒否がひどすぎる。会社には何回も止めてほしいとお願いしているが聞いてもくれない。どうしたらよいでしょうか」

いろいろ意見が出たが聞いていた正助が発言した。

「先日も、韓国からの大切なお客さまが乗車を拒否されました。会社にお願いするという穏やかな方法では駄目ですよ。力で動かす他ないでしょう」

　誰かが即座に声を上げた。

「そんないい手があれば教えてもらいてえ」

　正助はこれに応えて言った。

「会社は俺たちを営業の邪魔者と見ている。俺たちは弱い立場です。しかし、まとまれば会社に圧力をかけられます」

「昔の百姓一揆をやるのか」

　これに正助は大きな声で応えた。

「昔の百姓一揆は指導者は首を切られたり、はりつけになった。今はそんな時代ではない。武器を使わないで、住民運動をうまくやるんです。俺は朝鮮で日本に抵抗する大衆運動のすごさを見た。湯の川は自治をやっている。組織があるんだから生かさねば損だ」

　正助の発言はもっともだったので、賛成者が現れ、会議の空気はそういう方向で動いた。

　正助は更に言った。

「ただ騒ぐだけでは効果は小さい。嘆願書のようなものを作って県や国に正式に働きかけるべきだと思います」

　これを聞いてある男が言った。

「正助さんは、県議会に呼ばれて、この湯の川地区のことを説明したそうですね。また山田屋に県会議員が来たことも聞いている。どういうことになっているんですか。そういう筋は、この際助けてくれるんですかね」

正助は、ここが大事なところと決意して語った。

「みんなに説明する機会がなかったのですが、俺はある県会議員に呼ばれて議会に行きました。そして、県会議員の中には、俺たち湯の川の患者に同情している人が多いことを知ったんです。そして、湯の川は、自治会があって選挙で役員を選び患者は助け合って生きている、税金も払っていると言ったら驚いていました」

人々の間に驚きの空気が広がった。正助は人々の表情を見て気付いた。それは、この地区にとって非常に重要なことを集落の人に知らせないできたことだ。隠すつもりは少しもなかったが、何か新しい突出したことは理解してもらいづらいという村の伝統的な空気を知っていたからである。また、自分の手柄話をすると受け取られるのも嫌だった、自治会の役員でもないのに生意気だという人もいるだろう。そんな思いもあった。今日は良い機会で自然に話すことができたし、素直に受け止めてもらえたらしい。そう思うと正助はうれしかった。

会議は正助の発言を容れて動いた。改めて住民集会が呼び掛けられた。集会は、日頃住民の集会所としても使われていた真宗大谷派説教所で行われた。ここで、県当局および内務省に嘆願書を提出することが決議された。

実行委員には区長の高田仙蔵らがまず選ばれたが、会場から声が上がった。

「県や内務省に行くのなら、若いけど正助君を実行委員に入れるべきです。強く推薦します」

異論はなかった。正助は、ここまで来れば遠慮せず、集落のために役立つことをしようと決意を固めた。嘆願書起草委員を選ぶことになった時、明星屋の主人が手を上げて言った。

「うちの客に偉い法律の先生がいます。水野高明さんを推薦します」

こうして起草委員には水野という学者が選ばれた。湯の川には、このような異色の人物が珍しくなかったのである。正助の頭には万場軍兵衛のことが浮かんだが、先生は表に立つことを望まないだろう。また、明星屋の主人がわざわざ推薦した以上は、それに従うべきだと考え異を唱えなかった。

明星屋の主人がうちの法学士の先生をと言って推薦した水野高明は、かつて九州帝大で法律を講義していた人物であった。もとより本名ではない。明星屋の主人は逗留《とうりゅう》の日々が過ぎる中で、この浴客の素性を知り、また篤実な人柄に接し、自分の所にこういう客がいることを自慢に思うようになっていたのだ。

湯の川で、患者と主人の結び付きは特別である。それは、一種の家族のような関係であるが主人は大事な客を特に大切に扱うので自然と信頼関係が生まれるのだった。

水野は熊本藩の元士族の出で、相当の資産のある一族であった。ハンセンの病を得た水野は一族の名誉を考えて、大学を辞め、資産を分けてもらって熊本を去る決意を固めた。自分の悲運を嘆いた水野は、どこへ行くかと迷った末、大学在職時代の本妙寺集落の研究から、自由があり、自治を育んでいるという湯の川の事を思い出し、逃げるようにしてやってきたのだった。落ち込んだ水野の心に光を当て望みをつないだものは、ここには自分の研究の課題である人間の自由や人権の問題があって、水野から見れば生きた大学ともいえる状況が感じられることであった。自由に書を読み、ものを書くことができる環境ということも水野は気に入っていた。

法学士水野は早速、嘆願書に取り組んだがいざ文章をまとめるとなると、湯の川地区の歴史や県、国の動きを知らなければ書けない。

ある夜、水野はひそかに正助を訪ねて来た。

「聞くところによると、君は県議会へ行き、湯の川地区のことを説明したそうですね。ついては何か資料があれば見せてほしいのだが」

「先生、分かりました。目的は、この湯の川のため、俺たち患者のためですからね。先生のご協力に俺は感謝しているので、資料を探します。心当たりがあるので少し時間を下さい。明星屋にそっと連絡しますよ」

正助は、学者先生の面子《めんつ》もあると思い気を遣うつもりでいたのだ。正助は、万場老人に事情を話し、資料作りを手伝ってもらった。老人は言った。

「その学者に良い嘆願文を作ってもらうことは、この集落のため、そして、お前の今後のためだ。わしも力を貸そう」

老人はこう言って、正助が語る県議会を訪ねたときの状況を詳しく書き取った。それから、議会から取り寄せて研究していた県議会の資料を読んだ。

万場老人は、これらを材料にして、一気に嘆願文の内容の骨子を書いた。正助は、万場老人から説明を受け、さすがは東京帝大と内心舌を巻いたのである。

正助がこれらを水野に渡すと、この学者は、じっと紙面に目を走らせていたがやがてにっこりして言った。

「君、最高の資料です。私はこれに肉付けするだけ。良い嘆願書が書けますよ。ありがとう」

水野が驚いているのを見て正助は、自分の先生の助けで作ったことを打ち明けた。水野高明は嘆願書を作り、実行委員の区長に読んで聞かせると区長は感心して言った。

「さすが法学の先生です。素晴らしいできだと思います。ところで、最新の群馬県議会の動きをこのように的確につかむとは不思議な位でございます」

「いや。実は、あの正助君という若者のおかげなのです。彼が県議会に行ったことは、形だけではなかった。県もあの若者を評価していることが分かりました。あの若者は志の高い、頭のいい本物ですよ」

水野という学者もなかなかの人物で、正助のことをこのように評価したのであった。水野は、湯の川地区の役に立ち、学者として褒められたことが、いかにもうれしそうであった。

実行委員たちは、直ちに行動を起こし、県と国に向かった。この時の県会議長は森山抱月であった。高田区長は嘆願書を説明して議長に渡した。そして、振り向いて少し離れた所に控えていた正助を招いた。

「おお、正助君ではないか」

紹介より先に、議長が正助に声を掛けたことに高田区長は驚いている。

「この嘆願文作成に当たって、この正助君に大変助けられました」

「おお、そうか。正助君は奥さんと坊やを連れて来て、この議会で湯の川のことを立派に説明した。有望な若者なので大事にしてください。私からも頼みますぞ。嘆願はしっかりと受理したので、担当の方に伝えます。それから本省にも行くのだな、県から内務省の担当課に伝えさせる」

区長は喜び、正助は大いに面目を施したのであった。

内務省へ行くと話が届いていて、担当の係長が応対した。本省の役人と言えば大変なものだと聞いていた区長はこちこちになっている。しかし、役人の印象は意外に気さくそうである。

「ああ、皆さん、湯の川から大変遠いところをご苦労さまです。どうぞ、どうぞ。私が担当の係長です。皆さんの所からは木檜泰山先生が出ておられ、私は大変お世話になっています。嘆願は上に挙げ、よく検討致します」

一同は、役人の温かい対応にほっとした。このように、県と国に対する陳情は予想外にうまく進むように見えた。ハンセン病の患者が世間から差別され、居場所もなく、彷徨う時代なのである。それが、ハンセン病の自治組織の仕事として、県や国に対して直接に行動を起こして嘆願書を届けたのであるから、まさに前代未聞の出来事であった。

効果はすぐに現れた。会社側から「軽症者の乗車については寛大な処置を執る」との回答がなされたのだ。湯の川地区に歓声が湧き起こった。

しかし、事は、予想した通りには進まなかった。

大正15年8月15日、軽井沢、草津間の電鉄は、ついに全線開通した。草津は上信越線を生かすことも可能となり、町の発展にとり画期的な出来事であるから、町を挙げての祝賀会が行われた。

祝賀会を見る人山の中からこんな声も聞かれた。

「天皇陛下が重体なのに、こんな祝いをやってよいのかのお」

事実、大正天皇は長いこと重体で、11月24日の県議会では、森山の提案で、１日も早い平癒を願う決議がなされた。

しかし、そのかいもなく、天皇は間もなく大正15年12月25日、世を去る。大正は終わり、昭和元年となった。交通は人体の血管に等しい。草軽電鉄はまさに動脈である。新たな血液が流れ込む。閉ざされた秘境が一変することが予想された。ところで、人の流れの変化、町の発展は、ハンセン病の人々に大なる影響を及ぼさずにはおかなかった。

温泉街の人々は、新たな動脈が汚れることを恐れた。つまり、ハンセン病の患者の乗車が一般乗客に恐怖感を与え、ひいては草津町の発展を妨げると考えた。そこで、草津の温泉街が中心となって、草軽電鉄に患者の乗車拒否を強化するよう働きかけた。このような状況の下、「よその人間は、ハンセン病を見るともう来なくなる。電車にも乗らなくなる」

こんな声が多く聞かれるようになったのだ。電鉄会社は、これを受けて、軽井沢からのハンセン病患者の乗車を徹底的に拒むようになった。会社の営業規則は一般乗客の安全と快適な輸送を旨としていた。ハンセン病は怖いという当時の風潮からすれば、ハンセン病の感染は乗客の安全を脅かす事態であり、乗車拒否は会社としても当然と言えた。電鉄の社長、大村銀治は、元来一般乗客の安全を会社の社会的使命と考えていたが、国や県から働き掛けがあったため、不本意ながら「軽症者」については寛大な処置をしぶしぶ認めたのだ。

ところが、草津までが全線開通になって事情が変わった。より多くの一般客が押し寄せることになった。そこで会社は、乗客の安全に関する社会的使命が格段に大きくなったと受け止めるようになった。これは、無理のないことであった。そこに、草津町からの乗車拒否を求める強い要請である。

社長は、わが意を得たりと社員に命じた。

「営業規則を実行せよ。ハンセン病を乗せるな」

しかし、湯の川地区側の状況判断は、これと全く異なっていた。患者の受け止めは、自分たちは迷信、誤解、偏見、差別の犠牲者であった。遺伝病というのはとうの昔に医学的に否定されている事実である。感染力も非常に弱い。このたび、県と国が理解を示して軽症者に寛大な処置をとるに至ったのは、その証拠ではないか。なのに鉄道会社が約束を守らないのは何事か。人々の怒りは増すばかりであった。

昭和2年5月、新たな状況に対して住民集会が開かれた。真宗の説教所はあふれる人の熱気で満ちていた。高田区長は、県と内務省に嘆願した経緯を改めて説明した。

するとさまざまな意見が飛び出した。

「会社は約束を破った。それを黙って許すのか」

「われわれの同病が軽井沢から歩いている。足に傷をつけ、凍傷にかかる者もいる。仲間を見捨てるのか」

ここで区長が立ち上がって言った。

「私は、今、実行委員として県と国に行ったことを報告しました。ここにもう1人、若手の実行委員がいる。下村正助君です。県でも、内務省でも、実は正助君の働きが大きかったのです。正助君には、大陸の経験もあり、私たちにはない深い考えを持っているようです。正助君の意見を聞こうではないか」

「それがいい」

大きな声が上がった。前回、正助を実行委員に推薦した男であった。

「賛成」

この声と同時に大きな拍手が起きた。正助は意を決して演壇に進み出た。正助は、大勢の人々を前にして、今や、大きな闘いの渦中にいることに身震いを覚えるのであった。その時、シベリアの恐ろしい海底洞窟の光景が頭をよぎった。すると不思議に心が落ち着き、身内に力が湧くのを覚えた。

「皆さん、冷静に情勢を分析して作戦を立てるべきです。俺はいろいろ調べてみたんです。会社が約束を破ったのは、温泉街が望んだからなんだ。町は、1人でも多くの客がほしいだけなんだ。俺たちハンセン病患者に同情する人なんていないと思って頑張らなければならない。同情をあてにしたらますますみじめになるからだ。ハンセン病は怖いという世間の無知と偏見を商売のために利用しているんだ。俺たちの前には、こういう厚い壁がある。力を合わせてこれを破らなければならない」

「そうだ」

　あちこちで声が上がった。

「俺たちには、自治会という組織がある。税金まで納めている。こういうところは、世界中ないそうだ。この組織の力を生かして闘うべきだと思う」

「この組織の力で、差別と偏見を打ち破るのです。俺たち患者は、一人一人では弱い。しかし、団結すれば世間を動かす力を出せる」

　正助はきっぱりと言った。

「俺は朝鮮で、逮捕者を出さない大衆運動のすごさを見ました。こういう運動は、この集落だからできます」

　正助の話し方は次第に演説になっていた。朝鮮の話をした時、正助は人々の目の色が変わったことに気付いた。正助は既に闘いが始まっていることを意識した。

「皆さん、俺たちは金が目的ではない。遠くからやって来る哀れな同病を助けるためだ。これは差別との闘いです。人間は平等だということを獲得するための闘いです」

　正助の胸には、生生塾で万場軍兵衛が人間の平等ということを熱心に説いた姿がよみがえっていた。

「皆さん、この湯の川地区は、俺たちハンセン病の患者が助け合うために生まれ、助け合う歴史を重ねてきました。ある人は、この集落をハンセン病の光が出る所と申しています。ハンセン病の光とは人間の光だと思います。この乗車拒否は湯の川地区が試されている問題です」

「そうだ。若いの、よく言ってくれた」

この声とともに、どっと拍手が起きた。あちこちで賛成する叫びが上がった。それは、日頃、差別に苦しみ、世を恨む人々の声であり、また、正助の言葉に勇気付けられた人々の希望の叫びであった。

正助が壇から下り、ふたたび高田区長が議事を進めた。熱気に包まれた空気の中で議事は一直線に進んだ。「難渋している罪のない同病者を救うために一命を賭して解決に当たろう」と決議し、会社に改めて乗車拒否を止めること、そのために患者専用車の配備を求めること、これらを嘆願書にまとめて会社に訴えるなどが決められた。

集会が終わって外に出ようとした時、正助の耳に突き刺さるような言葉が飛び込んだ。数人が興奮して話している。

「おい、嘆願書が駄目な時は、乗車拒否をたきつけた奴らを生かしちゃおけねえな」

「その通りだ。今、命を懸けてと決めたんだ。こっちが命を懸けるんだから、あっちの命ももらわなくちゃなんねえ。俺たちをなめるとどうなるかみせてやるべえ」

誠に物騒な話である。正助は先ほど話した逮捕者を出さない運動のことを噛み締めながらその場を離れた。

建物を一歩出た時、1人の紳士が正助に近づいた。驚いたことに明星屋の浴客であの嘆願書を作った水野という法学士であった。

「君の話は素晴らしかった。私は、人権ということを長いこと研究していますが、いや、生きた勉強になりました。これからも協力させてください」

意外な言葉に正助は胸を熱くして水野の手を握りしめた。

その時、人々をかき分けるようにして、さやとこずえが進み出た。

さやが興奮した表情で言った。

「正さん、じんときたわ。涙が止まらなかった」

さやがこう言うと、こずえが涙を拭いながら言った。

「私たちの心を皆に伝えてくれたのね。今日のこと、ご隠居様に詳しく話しますわ」

正助は、人生の新しい道に踏み込んだことを感じた。

ある日、万場老人は正助たちを集めて言った。

「正助、良い話ができたらしいな。わしは、この生生塾が役に立っていることを感じてうれしいぞ。お前は住民運動の流れに加わったのじゃ。われわれ患者のためという大義を信じて謙虚に、そして堂々とやるがいい。お前の行動と発言はこの塾に報告せよ。生生塾にとって素晴らしい成果であり、生生塾がお前を支える基礎になるからな。この小さな塾が天下の大問題を支えると思うと痛快ではないか」

「先生、ありがとうございます。俺は、初めて大勢の前に立った時、足が竦《すく》む思いでしたが、シベリアの海底洞窟のことを思ったら気持ちが落ち着きました。しかし、もっともっと大切なことがあると気付いたんです。それは正しい知識、そして俺がやっているのは正しいことだという自信です。それを湯川生生塾が支えてくれることがよく分かりました。先生、俺頑張ります」

正助は、励まされて外に出ると、改めて湯川生生塾の文字を見詰めた。ごんごんと流れる湯川の音も正助を励ましているようであった。正助は立ち止まってじっと考え込んでいる。正助の胸に韓国で経験した激しい反日運動の光景がよみがえっていた。〈中途半端は逆効果だ〉。正助はそうつぶやいて何か考えていたが、ある事を決意し、権太の所へ走った。正助は嘆願が簡単に通るとは思わなかった。その時は住民の騒ぎになるだろう。それを予想して権太にある策を授けたのだ。

実行委員たちは、嘆願書を持って上京した。一行の中には正助の姿もあった。

大村社長は頑として引かなかった。

「当社は経営上の無理を承知の上で、草津の発展を願って電車を通しました。患者専用車の配備などとんでもない。余裕が全くない。無い袖は振れませんな」

正助は発言した。

「ハンセン病は遺伝病ではありません。感染力も非常に弱い。世の中には誤解と偏見があります。草津の湯はハンセン病に効く。患者にとっては天の恵です。草津の発展のために草津まで鉄道を伸ばして下さった精神で、患者を助けて頂けませんか、それが草津の発展に通じ、鉄道会社の評判が高まり、それは会社の発展のためになると信じますが」

「君、それは理想論だよ。現実はそんなに甘いものではない。会社は多くの社員を抱えているのです。慈善事業をやっているのではない。また、会社の経営が安定することが草津温泉の発展の基礎ではありませんか」

大村社長は、生意気な青二才とばかりに不快感をあらわし、頑として要求を聞こうとしなかった。

町の役場は重大な関心を寄せていたので、実行委員たちの交渉が気になり、電話で会社に問い合わせた。会社は、全く問題にならないと答えた。これが住民に伝わったので人々は激高し叫んだ。

「このままでは済まされないぞ。草津駅に実行委員を出迎えよう。それを利用して大きな大会にするんだ。報告を聞いた上で、次の戦に立ち上がろう」

さやが万場老人の所へ走った。

「先生、皆が騒いでいます。大変なことになりそうなの。正さんは大丈夫でしょうか」

「うむ、正助は心配ない。しかし、群集は、火がつくと止まらなくなるから、ちと気になるぞ。この動きは今後のために重要じゃ。さやさんは正助の動きをしっかり見届けて報告しておくれ」

さやの表情には悲壮なものが漂っている。それを見て、老人はつぶやいた。

「これは荒れた大会になるぞ。群集のエネルギーをうまく導かねば大変なことになる」

実行委員の電車が着く時刻が近づくと、火の見櫓《やぐら》に登る男がいた。男は半鐘を打ち始めた。櫓にしがみつく男は何と権太であった。

—ジャン、ジャーン、ジャン、ジャーン
黒く低く垂れ込めた雲の下で、半鐘の音は風に乗って木々を揺すって遠くまで流れた。人間は燃え盛る炎に興奮する。半鐘は火事の連想と結びついて、人々の中に眠っている野生の本能を刺激した。

—ジャン、ジャン、ジャン、ジャン
「駅に行け」

「会社を許すな」

　伝え聞くうわさによって、会社は情を知らない悪者になっていた。包帯を巻き、眼帯を着けた異形の人々もいた。群集は２００人ほどにふくらんで続々と駅の広場に集結した。実行委員が着くと人々は万歳を叫んで出迎えた。

　高田区長は言った。

「皆さん、既にご承知と思いますが、私たちの嘆願は聞き入れられませんでした。残念です。期待に応えられず申し訳ありません」

「そんなことはないぞ。会社が悪いんだ」

「このままでは済まねえぞ。湯の川の力をみせてやれ」

　人々は拳を突き上げて叫んだ。高田に促されて正助が進み出て言った。

「皆さん、嘆願は駄目でしたが、私たちの考えはきちんと伝えました。第一歩です。これから発展させる第一歩にしなければなりません」

「そうだ」

「負けねえぞ。裏切った奴らをぶっ殺せ」

　興奮する人々に向かって正助は叫んだ。

「暴力はいけません。人を傷つけたり、物を壊したりしたらこの運動は負けです。これは、湯の川の自治会の行動です。湯の川の誇りが懸かっているのです。警察の世話になるようなら、第一歩になりません」

「その通りだ」

「警察は消毒屋だ。ここでは用はねえ」

さまざまな声が聞こえた。群集は殺気立っていた。

この時、鉢巻をした1人の紳士が興奮した様子で飛び出して来た。明星屋の浴客、法学士の水野高明ではないか。目の色が変わっている。

「皆さん、ここが正念場です。小学生のように列を作って進みましょう。正しい行進が私たちの心を伝えるのです。私も先頭に立ちますぞ」

「いいぞー。鉢巻が似合うぞー」

どっと拍手が湧いた。人々は隊列を組み、気勢を上げながら温泉街を練り歩いた。先頭に立つ学者風の鉢巻姿が、群集にただならぬ意味を添えているようであった。この光景の一部始終を物陰からじっと見ている人物がいた。帽子を目深にかぶった男は傍らの連れらしい人に言った。

「あれが湯の川の団結か。暴徒とは違うな。組織の力は大したもの。正助という若者も大したものだ」

この人物こそ、吾妻出身の国会議員、木檜泰山で、連れの男は、従者であった。

大村社長に嘆願書を突きつけて交渉したこと及び草津駅前の大集会は波紋を広げていた。半鐘を鳴らして湯の川を挙げて人々が集まったことは警察や県当局も大いに注目するところとなった。また、草津駅の駅長は仰天して嬬恋駅に逃げる始末であった。これらの住民運動は詳しく本社にも伝えられたので、大村社長は、相手がハンセン病の患者のことであるから、対応を誤るとまずいことになると恐れた。

一方、湯の川では、実行委員を中心とした会議がもたれた。高田区長が口を開いた。

「このままでは住民は治まらない。正助君が言うように、この大会を第一歩として今後に生かすためにはどうしたらよいか。正助君に何か名案はあるかね」

正助は答えた。

「はい、県当局、会社、警察を入れて、打開策を話し合ったらどうでしょう。その際、住民は、次はもっと大きな集会を予定していることを知らせることが戦略として重要だと思います」

「なるほど、君は若いがなかなかの軍師だ。それも、朝鮮やシベリアで身に付けたことかね」

区長の言葉にどっと笑いが起きた。

県に連絡すると、県は心配していたとみえすぐに応じた。県から会社に連絡し、草津で会議がもたれることになった。県からは社会課長の他、保安課長も出席、会社からは社長の代理という役付きの者が参加していた。

実は保安課長の出席には次のような訳があった。駅前の大会のとき半鐘の音と共に集まった群衆の勢いに、長野原署の署長は何事が起こるかと慌てふためき、抜刀して臨んだのだ。しかし、群衆は大声の割には整然としており、抵抗もないので、署長は拍子抜けしたのである。日頃、権力を笠に着てハンセン病の患者を見下していた巡査の姿が人々には滑稽に映った。

「ふん、ざまあ見やがれ」

という声が聞こえた。署長は決まり悪そうに刀を鞘に納めた。逮捕者は1人も出なかったのだ。これは、正助が、逮捕者を出さない大衆運動の重要さを強く訴えた効果であった。保安課長は、署長から整然と動く群衆の姿を報告されていたので、底知れぬ不気味さを感じ、対応を誤ると大変なことになると恐れたのであった。

何度か会議がもたれた。湯の川側は乗車拒否の廃止と患者専用車の配備を主張し、会社側と激しく対立した。正助は姿勢を正し静かな口調で主張した。

「駅前の集会で、人々は大切なことを学びました。それは自分たちの主張と行動は間違っていないということです。学者先生が暴力はいけない、逮捕者は出すなと訴え、自ら鉢巻で先頭に立ちました。湯の川地区が長い間、村をつくり、税金まで払い、助け合って生きてきた意味を人々は実感したのです。次は、他の地区の半鐘も鳴らし、もっと大きな集会をと話を広げている状況です」

　これを聞いた会社側および県の人々の顔に動揺の色が走った。ついに県は次のような調停案をまとめた。

　患者輸送用の自動車1台を県より貸与する。

　会社は、冬、雪のため自動車の運行が不可能の間、短い区間、限られた日に、患者専用車を配備する。

　患者専用車については、高い料金を払わねばならない等の条件が付いたが、会社とすればぎりぎりの譲歩だった。

　また、県が出した車が警察本部長の乗用車であったことも面白い。窮余の策だったことを物語る。

　住民集会が終わった後のある日、湯川生生塾に人々が集まった。成人の部の授業ということで触書が回ったのだ。ひげをつけた学者風の新顔が人々の注目を集めた。

　正助が紹介する。

「明星屋にいらっしゃる水野先生です。偉い法律の先生で、今回、県や国に出す嘆願書で大変お世話になりました。この塾のことを知って、ぜひ参加したいというのでお連れしました」

　水野は万場軍兵衛に近付いて丁寧に頭を下げた。

「おうわさは聞いておりました。明星屋の客水野と申します。この湯の川で新たな生きがいを見つけました。以後、よろしくお願い致します」

「おお、あなたが水野先生ですか。正助が大変お世話になっております。また、このたびは大変勇ましいご活躍をなされたそうで敬服致しておりますぞ」

「はは、もう伝わっておりますか、お恥ずかしい限りです。は、は、は」

「皆さん、今日の塾は特別のものですぞ。先日の大集会は大成功であった。ここには、勉強する大切なことがいっぱい詰まっておる。わしは集会には出られなかったが報告を受けて感動したのじゃ。まず、正助から大切な点を話してほしい」

「皆さん、集会の成功はまず大勢の人が集まったことです。そして、今回は怒った人々であるにもかかわらず、警察の世話にならなかったことです。どちらもうまくいきました。半鐘が鳴ったので皆が駆け付けたと言っていますが、やったのは権太です」

「えー」

驚きの声が上がった。まさかという視線が権太に向けられる。

「正助に言われていたんだ。嘆願が駄目になって集まれと紙が回ったらやることになっていた。後でまずいことにならねえかと言ったら、問題ねえと言うんでやった。高けえ火の見に登ったら興奮して、思いっきりぶったたいた」

どっと笑いが起きた。

正助は続けた。

「それから、皆殺気立って何か起こるか分からなかった。長野原の警察署長はサーベルを抜いて今にも切りかからんばかりだった。大震災の時の朝鮮人の騒動を想像したんではないでしょうか。大勢が暴れなかったのはここにいる水野先生のおかげです。小学生のように列を組みましょうと言って、鉢巻姿で先頭に立ってくれました。学者先生のあの行動に、俺は涙を流しました。先生ありがとうございました」

これを聞いて万場老人が言った。

「ほほー。目に浮かぶようじゃ。水野先生、これはすごいことじゃ。先生のお考えを話してください」

「ははー。これはえらいことになりましたわい」

水野は前に進み出た。

「私はフランス革命など、人権の問題を研究してきました。人権、つまり人間の平等です。差別は人権の否定です。患者として、この集落で皆さんと生きて、人権のための闘いの渦中にいることを肌で感じておるのです。私たち一人一人は誠に弱い。集団で行動しなければ権利は守れない。しかし、集団は群集心理で暴走しがち。そこで私は、謙虚な気持ちで集団行動を行うことで心を伝えたいと願った。そこで、小学生のように列を作ってと提案しました。皆さん、その通りやってくれました。私は生涯でこんなに感動したことはありません」

万場老人も感動した様子で言った。

「実によい勉強ができました。ハンセンの光が実を結んだ姿じゃな。小学生のようにとは実に妙案。大群衆が隊列を組んで進んだとは。学者のあなたが鉢巻きして先頭に立った。それを見て、群衆はあなたを校長先生と信じ、素直に小学生の心になれたのじゃ。実に愉快。そして、わしが声を大にしたいのは、今回のことは湯の川という自治の歴史があったればこそ実現できたということ。消毒の対象としてわれわれを汚物のように見ていた警察はさぞ驚いたに違いない。それ以上に、県と鉄道会社が驚いたのだ。県が自動車を出し、会社がわずかな期間とはいえ、患者専用車を用意すると言い出したのは、何よりの証拠じゃ。われわれは、このことに驕《おご》ってはならぬ」

万場老人はこう言って、人々の顔を見た。正助が応えた。

「勝って兜の緒を締めよですね、先生」

「そうじゃ正助。今回の出来事を通じて、お前は大きく成長した。お前の責任は今後大きくなるぞ。謙虚に学ぶことを続けることじゃ。水野先生、よろしくお願い申しますぞ。そうじゃ、あなたにも、この湯川生生塾の講師をお願いししたい。よろしいかな」

「はい。喜んでお引き受け致します。ここは、大学の教室にはない生きた学問の場ということに気付きましたのでな」
人々の間に一斉に拍手が起きた。

三、正太郎、草津小学校に

昭和の初めの頃、湯の川地区の患者の子どもが草津小学校へ通い始めた。湯の川の人口は増え、健康な子どもたちも増えていた。一方、国民に等しく教育を施すことは、明治以来の国の一大方針であったから、県および草津町としても湯の川地区の子どもたちを放置できなかった。

湯の川の健康児童を受け入れるといっても、ことは簡単ではなかった。ハンセン病の菌が隠されていて、感染する心配はないのか。そういう町民の不安をなくして、受け入れるためには、健康診断を整え、一般の生徒と父母の理解を進める等の準備が必要であった。それにしても湯の川地区の子どもが草津の町立小学校に通えることは革命的な出来事であった。

ある日、万場老人は正助、さや夫婦と話した。

「正太郎君を草津小学校に通わせることをどう考えるか、お前たちの考えを聞きたい」

　正助が口を開いた。

「素晴らしいことで、名誉ですが不安もあります。マーガレット先生、そしてこの塾にもお世話になっています。どうしたらよいのでしょうか。先生教えてください」

「うむ。よいか。一つは正太郎君のため。正太郎君は賢い子じゃ。広い競争の世界で才能を伸ばすことが大切なのだ。もう一つは、より重要なことで、この湯の川のため、そしてわれわれハンセンの患者のためなのじゃ」

「どういうことですか先生」

「分からぬか。差別の突破口よ。湯の川は特別とはいえ、まだまだ差別されている。低く見られている。学問する能力も資格もないと考えている人が多いのも事実じゃ。正太郎によって見直すに違いない。正太郎はつらい思いをするに違いないが、名誉ある先兵になるのじゃ。あの子ならできる。われわれも力いっぱい支えねば」

「先生、よく分かりました。正太郎にはよく言って聞かせます」

　正助夫婦の目には喜びの色が溢れていた。

　万場軍兵衛は次にマーガレット・リー女史に会った。正太郎のため、湯の川に対する差別を突き破るためということに女史は打たれた。

草津町小学校は正太郎を診断し学力を検査した。正太郎は11歳に達していたのである。学校側は正太郎の学力の確かさに舌を巻いた。算数、国語、歴史などの教科の力は草津小の生徒と比べ群を抜いているように見えた。そして、協議の結果、4年生への編入が適当だろうということになり、町長もこれを認めた。

ある日、正太郎は4年生のクラスに出席した。緊張で胸がどきどきしている。クラスの皆が好奇の視線を向けている。それが正太郎には刺さるように感じられた。

萩野花子という若い先生は、正太郎を紹介した。

「下村正太郎君です。今日からクラスの仲間です。仲良しになってくださいね。草津小学校に入るための試験に健康も勉強も立派な成績で合格しました。正太郎君をクラスに迎えることは、皆さんにも大変勉強になるに違いありません。席は市川純子さんの隣よ。純子さんお願いね」

「はい、分かりました。大丈夫です」

活発そうな女の子はにっこり笑って正太郎を隣の席に迎えた。萩野先生は、湯の川の子ということでいじめられたりしないよう、また、不安がったりしないよう配慮するように校長から言われていたのだ。

正太郎が湯の川の子どもということは、初め秘密にされる方針であったが、隠し切れることではない、やがて分かるということで、あえて隠さず自然に任せることになった。正太郎の両親も、むしろそれを望んだ。一部の生徒には早くもどこからか、正太郎が湯の川の子であることが伝わっていた。

正太郎は全身を耳にして座っていた。湯の川とささやく小さな声が聞こえた。休み時間になった時、純子という女の子が言った。

「私のお父さんは警察官よ。でもね。優しい、いい警察官なの。あたしも、最近越して来た新入生なの。よろしくね」

純子は、新入生の割には皆に溶け込んでいて元気にはしゃいでいる。正太郎は勇気付けられる思いであった。

家では、正助とさやが心配していた。

「先生はね萩野花子先生といって、こずえお姉さんのようにきれいな人だよ。隣の席は市川純子さんで、お父さんは警察官だって。でもね、優しい、いい警察官だってさ」

正助とさやは正太郎の話を聞きながら教室の風景を想像し、顔を見合わせて頷いた。両親の安心した表情を見て正太郎は得意げに続ける。

「ぼく、指されて答えられたよ」

「へえ、何を聞かれたの」

「うちゅうっていう字を書ける人と言うんで、ぼく手を挙げたんだ。宇宙のこと、リー先生に教えられて、ぼくわくわくして聞いたことが役に立ったよ」

「まあ、勇気があったのね」

「ぼくしかいなかったみたいで、指されちゃった。前に出て黒板に書いたら皆が拍手したよ」

「は、は、は。それはよかった。正太郎、よくやったな。早速、万場先生に話さねばならない。実は先生も心配していたのだよ」

　こうして、草津小学校の正太郎の生活が始まった。

しかし、正太郎には思いもよらぬ試練が待ち受けていた。ある日のこと、学校から帰った正太郎の様子が変である。さやは敏感に察知して尋ねた。

「学校で何かあったの」

　正太郎は答えない。なおも聞くと
「クラスのある子が、こうやってうつるって言って追いかけるんだ。そしたら他の子もまねをして追いかけるんだ。みんな笑ってふざけているんだけど。僕は笑えない。悲しくなっちゃった」

　正太郎の説明によると、ある男の子が両手を前に出して、指を曲げ幽霊のように「らいだー」と言いながら追いかけたら、みんながどっと笑い、まねをしてクラスを走る者が出たと言う。

「みんな楽しげだけど、僕は泣きたかった。もう学校行くのやだよ」

正太郎の思い詰めた表情を見て、正助とさやはついに恐れていたことが起きたと思った。自分たちは長いこと世間の冷たい目と差別にさらされてきた。わが子が初めてその社会の現実に直面したのだ。正助は事の重大さを直感してさやに小声で言った。

「子どもの世界のことだと言って放っておくわけにはいかないよ」

正太郎には努めて平静を装って言った。

「皆、ただふざけているだけだから、気にしないことだ。強くなるんだよ。この湯の川の人間には、神様の試練が待ち受けているんだ」

「試練て何」

「お前が強く成長するための神様の宿題だよ。お前は以前、県会へ行って偉い先生の前で立派に答えて褒められたではないか。あれも試練、神様の宿題だったんだ」

正太郎は黙って考え込んでいるようだ。

正助は万場老人に相談した。万場老人はしばらく考えていたが、きっぱりと言った。

「正太郎が社会に踏み出した姿じゃな。先生と話し合うがよい。事を荒立てるとかえってまずいよいか。正太郎が立派な態度を貫くことが一番の説得になることを忘れるでない」

正助とさやは、萩野花子先生と会った。実は、萩野先生も頭を抱えていたのだ。新住民の一部のお母さんが伝染の不安を訴えたため動揺が広がっているというのだ。正助は言った。

「この問題が起きて、正太郎を改めて聖ルカ病院の医師に診てもらいましたが病気は出ていません。私たち夫婦も同様です。このことをぜひ知ってほしいと思います。正太郎には笑顔で頑張るようにと話しました。本人もその気になってくれました。私たち夫婦は、正太郎と共に耐える覚悟です。私たちはできることなら嵐が大きくならないで通過してくれることを願っています」

萩野先生はじっと耳を傾けていたが、正助を正視してきっぱりと言った。

「分かりましたわ。正太郎君を守ります。私にとっても教師として最大の試練です。未熟な人生経験の私にとって責任が重すぎますが全力を尽くします」

そう言ってほほ笑む女性教師の口元に静かな決意が表れていた。それから幾日か過ぎたある日、正太郎が息せききって駆け込んで来た。さやが驚いて言った。

「学校で何かうれしいことがあったの」

「うん、あったよ。武君がまた、うつるーをやったんだ。そしたらね、隣の市川純子さんが、正太郎君の嫌がることは止めてよって強く言ったんだ。そしたら止めたんだ。女の子なのに市川さんはすごいよ。お母さん、まだあるんだよ」

正太郎は宝物を出し惜しみするように言った。

「早く聞かせてよ」

「武君が僕の所へ来てね、ごめんなと言って手を伸ばすんだ。握手したんだよ。僕泣いちゃった。僕の顔を見て武君も泣いたんだ。僕たちもう親友だよ」

「よかったねえ、お前」

さやも涙をぬぐっている。母の涙を見て、正太郎もこみ上げるものを押さえられぬ様子で言った。

「もっと話してやる。このことを知って、萩野先生が、市川さんと武君を皆の前で褒めたんだ。そしたら大きな拍手が起きたよ」

「そうなの。お前、よかったねえ。お前が辛抱したからだよ。お母さん、本当にうれしい」

母子は抱き合って泣いた。

この出来事の背景には萩野花子の並々ならぬ努力があった。萩野は校長に相談して動いた。校長は萩野の純粋な決意に感動して任せることにしたのだ。

萩野は市川巡査を訪ねた。他県のうわさでは巡査がハンセン病の患者を激しく取り締まっているということだ。湯の川と草津は特別の所と聞いているが警察のことは分からない。娘の純子を正太郎の隣に座らせたのは、純子を買ってのことだが軽率だったかもしれない。萩野はいろいろ思いを巡らせながら、警察に出頭する容疑者のような思いで派出署の扉を開いた。

「純子さんの担任の萩野と申します」

「ああ先生ですか、娘がいつもお世話になっています。今日は一体何の御用ですか」

　市川巡査は笑顔で迎えた。想像していた厳めしい警察官の雰囲気はない。萩野はひとまず安心して言った。

「下村正太郎君のことで相談に伺いました。湯の川地区から編入した児童です。一部のお母さん方の間に動揺があるようなのです。それに純子さんが大変立派なお子さんなので、正太郎君を隣の席にしました。お父様のご意見も聞かず私の独断で決めました。申し訳なかったと思っております」

「おお、下村正太郎君のことは、よく承知しております。県からも役場からも報告を受けております。大変賢い子で、病気のことも心配ないそうです。それに、湯の川には立派な歴史があることも勉強しております。それを無視してはならないことを肝に銘じています。うちの純子を隣の席にしたことは純子にとって良い勉強になります。先生の立派なご判断です。全くご心配なさらないでください」

　この言葉を聞いて萩野はすっかり肩の荷が下りた気分になった。さきほどの表情は一変して美しい萩野花子に戻っていた。

「実は、普通の小学校に入ったモデルケースとして、県も注目しているのです。私の上司が、こんなことを言っています。これから警察は、時にはハンセン病の人たちに厳しい態度をとらねばならないこともある。そんな時、警察が情け知らずと思われては困る。そのためにも湯の川のことは重視しなければならぬと言うのです」

「はあー、そういうことなんですか」

「一部のお母さんに動揺があるというのも無理からぬこと。それを抑えるのも本官の務めです。私もできることは協力したい。娘を隣に座らせたことは正解です。気の強いやんちゃな子ですが、正太郎君に協力するように私からも話します」

何とうれしいことか。萩野は幸せな気持ちに包まれていた。純子がクラスの男の子の悪ふざけを注意したことを知った時、純子の行動は父の気持ちが伝わったからに違いないと思った。

ある時、萩野花子は、生徒に求められて古里を語った。

「私の古里は土佐の高知よ。太平洋の黒潮がすごい勢いで流れているの。時々大きなしけがあって遭難する人もいるの」

「しけって」

誰かが聞いた。

「台風で海が荒れることよ。家よりも高い山のような波が逆巻くの」

「わあー、こえー」

誰かが大声を上げた。

「私の兄が漁に出てしけにあって、海に放り出されて無人島に漂着したの」

「へえー、それで助かったの」

「約1カ月、アホードリをつかまえて食べ、カツオブシをかじって耐えて助かったの。カツオブシはね、お母さんが心をこめて作ったもので、万一の時はこれで命をつなぐようにと兄に持たせたのよ」

　萩野花子は、命の大切さとどんな時も希望を捨てないで頑張ることの大切さを子どもたちに教えたのであった。

　正太郎たちは優しい萩野先生に意外な物語が結びついていることを知って感動したのであった。

［著者略歴］
中村　紀雄（なかむら　のりお）
1940年群馬県前橋市生まれ
東京大学文学部西洋史学科卒
日本ペンクラブ会員
群馬県中日友好協会会長

著書
『望郷の叫び』、『炎の山河』（上毛出版文化賞）、『上州の山河と共に』（上毛出版文化賞）、『遥かなる白根』、『至誠の人・楫取素彦物語』（産経新聞連載）『死の川を越えて』（上毛新聞連載）、『議員日記・議長日記』他

死の川を越えて（上）

平成30年10月１日　初版第１刷

著　者　中村 紀雄

発　行　上毛新聞社事業局出版部
群馬県前橋市古市町1-50-21
TEL 027-254-9966

挿　絵　岡田啓介（上毛新聞社編集局）

 ISBN978-4-86352-217-6 C0093 ¥1500E

定価はカバーに表示してあります